# 星なしで、ラブレターを。

石井ゆかり

写真
相田諒二

CONTENTS

郵〒便
POST

星なしで、ラブレターを。

# 孤独

「ずっとひとりぼっちでいました」
というメールを下さった方がいらっしゃった。
そのことで、苦しんでこられたようだった。
私はこのメールを読んで、こんなお返事を書いた。

「人と関わるのは、傷つくかもれないし、悲しみもあるし、怖いことです。
だから、ひとりぼっちを選んで、自分を守ってしまうお気持ちはわかります。
でも、そのために、ひとりぼっち、という、大きな悲しみを背負ってこられたのですね。それもまた、お辛いことだったとおもいます」

「ある」とおもうとなくなるのがこわいのだ。
「ない」ときは「ある」状態に飢えるけれど、
でも、どこか、安心もしている。

たしかにあったはずのものが失われる、ということは、とても苦しい。
手の中にあるものを「失うかもしれない」と想像するだけでも、充分苦しい。
人は飽きるし、嘘をつくし、心を変えるし、忘れるし、矛盾した感情を同時に持ち、考えはあやふやで、命は限られていて、環境に揉まれ、まるで安定なんかしない。
それらのことはみんな、手ひどく人を痛めつける。
それを想像することだけでも、やわらかい心が血を流して紫色になる。
なのに。
「はじめからなにもないから、一切がなくならない」ということもまた、安心なはずなのにそれだけで、人の心を凍傷にする。

「ある」ということはなんて不思議なことなのだろうと思う。
どうやってそれに手を触れていいかわからないほどの不思議さだ。
人の心はあてにならない、未来のことはわからない、その恐怖を受け入れてなお、そっちに歩いていきたいと思うのはどういうわけなんだろう。

もっと強くなりたい、と、たくさんの人が言う。
私もそう思う。
強いってどういうことなのか、以前はよくわからなかった。
今も、よくはわかっていないけれど、少なくともひとつだけ言えそうなのは、「世の中にはいろんな種類の強さがある」ということだ。
「強さ」は、おそらく、一種類じゃないのだ。
人それぞれに、個性のように、いろんな色の強さがある。
弱さもそんなふうに、いろんな種類の弱さがある。

強い人を見るとうらやましいような、まぶしいような気がする。
そして、その人の弱さを見ると、胸いっぱいに崇めたいような思いが満ちる。
ときに、その弱さを受け止めるのが大変なこともある。
でも、自分の弱さと闘って、相手の弱さを受け止めきれたときは、太陽のような喜びを感じることができる。
強さと弱さの両方を持つ人は、常にどこか、自分の弱さと闘っている。
そして、誰かの弱さを受け止めようとするときもやっぱり、自分の弱さと闘わなければならない。
だから、誰かの弱さを受け止めようとするときは、相手の闘いぶりにどこか、共感できるのだ。

多分、最初から強いことが素晴らしいのではない。
ただ強いのが美しいのではなく、その強さと脆さのギリギリのせめぎ合いのなかで生まれるなにかが、美しいのだろう。
弱さは誰にでもあって、それがその人自身である以上、完全になくなることはない。

「恋をして恋を失ったほうが、一度も恋をしなかったよりもましである」
と、テニソンは言ったらしいが、失恋したての人にはこれは全然信じられないだろうとおもう。
私だってそうだ。

でも。
この詩人が言ってることは多分、正しいのかもしれない。
冒頭のメールを下さった方の強さは、人と関わることの怖さを知りながらもそっちに歩いていくことを選択しつつある、という、そこにあるのだろう。
この方は、私にメールを送り、自分が受け取らなかったものを見つめている。
「関わり」の方に歩き出しているこの方の姿が見える。

恐怖心と闘うのは至難の業だけど、それをして、思い切り手を伸ばすとき、なにかはわからないけど、なにかが掴めるんだ。
掴めるものは、望んだものではないかもしれないけど、でも少なくとも、恐怖心の中でイメージしたみたいに、伸ばした手首をばっさり切り落とされたりは、しないんだ。

## あきらめる

「あきらめる」ことは、とても難しいことの一つだ。

ほしいと思ったものをあきらめる、できると思ったことをあきらめる。
なりたいと思った職業をあきらめる。年齢をあきらめる。恋をあきらめる。
「望んでも叶わないことがわかって、望むことをやめる」こと。
多分一定以上の年齢になれば、だれもが「望むのをやめる」ことができなくて苦労した経験を持っているにちがいない。

かくいう私も、そんなことばっかりである。
でも、くり返しやってきたので、だいぶうまくなった、とは思う。

「あきらめること」は、いつの間にか達成されてしまう。
かつて「どうしてもあきらめられなくて、死ぬほど苦しい」と思っていたことを、今は、背中でも掻くみたいな気軽さで思い出せる。
ちょっと胸がキュンとすることもあるが、それで眠れなくなったりはしない。
あのころは、どうしたら思い出さないようにできるんだろう、と考えた。
それが今となっては、それを思い出すと勇気が出たりすることもある。
いつのまにか、そうなった。

個人占いで、既に失恋してしまった方からのご相談を、よく頂く。
もう終わってしまった恋なのだから占ったって仕方がないのだ、と、
依頼者の方も、頭では解っている。
でも、望むことをやめられないのだ。やめられないままに、占いをする。
だから、ご依頼の内容はストレートに
「失恋してあきらめられないのですが、どうしたらいいでしょう」
とは、ならない。

EGO
TV
HELL
MEDIA is DEVIL...
HELP

自分はたしかに、あきらめている。
でもなぜか、彼のことばかり考えてしまう。
本当の問いかけは「彼ともう一度愛し合いたいです」なのだ。
でもそれは、現実にムリだ。はっきり言って、みじめな未練だ。
だから、認めない。
認めないから、質問はフクザツになる。抽象的になる。気持ちの整理がつかないところを見つめなおしたい、というような、いわば優等生的表現になる。
「彼は私にとってどんな意味を持っていたのでしょう」
「彼と出会ったのは間違いだったのでしょうか」
でもほんとうに聞きたいことは、多くの場合、ちがう。
ほんとうは、願いが心の奥底でもがいている。
重たいフタをされて閉じこめられて無視されて、叫んであがいている。

その気持ち、よくわかる。
大好きな人への思いを、そんなに簡単に捨てられたりしない。
あんなに近かった距離がこんなに離れてしまったなんて、理解できない。
それは「幻肢」のように、そこにまだ「ある」。
事故で指を失った人が、ないはずの指を「かゆい」と感じるのに似ている。

あきらめることは、ほんとうに大変だ。
望むことをやめられない心がここにあるとき、
「本当は関係が存続しているからこんな気持ちになるのだ」
という、不思議な認識の置換をしたりする。
「望むのをやめた瞬間に、望みが叶う可能性が失われるのではないだろうか」
と感じてしまう人もある。
早く苦しみから逃れたいために、自分の本心を無視して、「前向きに」「ポジティブに」「潔く」「キモチを切り替え」る、という人もいる。

潔くあきらめない自分は、認めがたい醜さだ。未練がましく、女々しい。
だけど多分、あきらめることは、自分の中の「望み」を認めたところからスタートする。
まさに望んでいるのだ。
ふられたけど好きでしょうがないのだ。かっこわるいけどそれが事実だ。
彼の新しいパートナーが羨ましくて、自分が惨めで死にそうに辛いのだ。
自分には何の価値もないように感じられて、なにをする気も起きないのだ。
彼が恋しくて、戻ってきてほしくて身もだえしているのだ。
この厳然と在る「望み」を認めたところから、はじめて一歩、踏み出せる。

こんなに好きになった人をあきらめられないのはしょうがない
悲しくてあたりまえ、苦しくてあたりまえ、泣いてもわめいても当然だよなと、まともに思えたとき、はじめて、
涙を拭いてにっこり笑うカラ元気が出てくるのだろう。
そんなときの笑顔は、やっぱりちょっとドスが効いているが
でも「やせ我慢」より「カラ元気」のほうが、なんぼかマシである。
なんか、運も良さそうな気がする。

世の中には、箸袋とか指ぬきとかカエルグッズとか、ふしぎなものを集めるコレクターがいる。
それらの「価値」は、コレクターにしか感じられない。
ある職業に就きたいと思ったり、人を恋しく思ったりする気持ちもそれと同様で、所詮、人様になんかワカンナイのだ。

なにかを強く望む時、その望みは炎のようだ。
叶っても叶わなくても、望んだその人を刀剣のように鍛え上げる。
強い望みは、人が自分を変えようとする、そのドライブフォースの証明だ。
望みを燃やしつくしたあと、それが叶うと叶わないとにかかわらず、
その人は、望む以前のその人とは、少し違っている。
叶わない望みを「望まなかったこと」にしている「ポジティブ」な人より、
望んで悩み抜き苦しみ抜いた人の方がずっと、強い輝きを放っている。

約束

約束は
それを守ることが大事なのではない。
なにが起こるか一切知ることのできない未来について、だれ一人、なにかを
確約できはしない。
だれだって、次の瞬間に命があるかどうか解らない時間の流れを生きている。
どんなに固い約束も、本質的には、ガラス細工のように脆い。
時間のちょっとした悪戯で、粉々に崩壊する。

約束は
それを守り通すことが大事なのではなくて
約束したことをお互いに忘れない、ということが大事なんだろう。
たとえ約束が破られたとしても、
破った人と破られた人の両方が、
「約束した」ということをいつまでも忘れないで、覚えていて、
それをお互いに隠さないでおくことは、
どんな場合にも、必ずできることだ。

約束をどうしても破らなきゃいけないとき、というのがだれにでもある。
そういうときは必ず「ごめん、これからあの約束を破るよ」って言う。
何も言わずに約束を破るのは「約束を忘れました」と言っているのと同じだ。
このとき、この約束を破った人は、２つの罪科《つみとが》を負っている。
ひとつは、約束を破ったこと。
もうひとつは、約束をないがしろにしたということだ。
無言で破られた瞬間、まさにその約束は「反故《ほご》にされた」のだ。
破られた上に、大事にもしてもらえなかった。
大事にしてもらえなかったのは、その約束、イコール、相手自身、でもある。

「約束を破ります」と宣言するのは、非常な勇気が要るのだ。
何も言わずに約束を忘れたふりをする方がラクだけど
そこで失うものは、際限なく大きい。

約束を破りますと宣言して破る時、その胸はどんなにか痛い。
信頼を失うことの恐怖に震える。
悪意じゃない、誠意でいっぱいなのに、どうしても現実にムリが生じて約束を破らざるを得なくなったとき、相手の気持ちや自分の立場を思って本当に苦しくて、何も言わずにその約束をこっそり、忘れたふりしてごまかしたくなるのはよくわかる。
だれでもそういう経験があるだろう。
どうしても会社に行く気になれない朝、連絡の電話をかけるのは気が重い。
それは「会社に出ます」という約束を破ります、という宣言だからだ。
心が疲れはてて弱っているときに、おもわず無断欠勤を選択してしまったことがある人もいるだろう。
これは悪意ではなく、相手をバカにしてるのでもなく、むしろ、誠実だからこそ、約束を破ることの重圧に耐えられないのだ。
約束を破るそのことを相手に伝えるなんて、本当に怖いことだ。

だけど、伝えないことのほうが、本当はずっとずっと恐ろしいことなのだ。
人は小さな危険を無意識に避けようとして、
かえって大きな危険を選択してしまうことがある。
小さな痛みから逃げようとして、
未来に待っているもっと大きな苦痛を選び取ってしまうことがある。

約束は、破られないに越したことはない。
でも、絶対に破れない約束など存在しない。
世の中には２種類の約束がある。
それは、破られる約束と破られない約束、ではない。

大切にされる約束と、
忘れられてしまう約束。
この２つだ。

破られた上でなお、大切にされる約束もある。
たとえその約束が破られても、それが両者のあいだで大切な約束だったと認識され、お互いにそのことを忌憚なく語り合えるなら、その約束は破られていても、「大切にされた」のだ。

約束は、形として重視されるとき、破られることだけが問題視される。
だが、約束の内容が大事にされているとき、
それが破られるかどうかは、さしたる問題にはならないのだ。

約束より大切なものがちゃんと大切にされていれば
その約束は、プレゼントにかけたリボンのようなものでしかないんだと思う。

## 幸福

このところ心にひっかかったニュースが２つ。

「豊胸手術の女性、自殺率３倍＝心理的問題、解消されず？――米調査」
アメリカで豊胸手術を受けた女性を調査したところ、一般平均より自殺率が３倍も高い、という結果が出たのだそうだ。

「赤ちゃん教育ビデオに効果なし＝言語習得遅れる恐れも――米大調査」
教育目的で作られたビデオソフトを見せた赤ちゃんとそうでない赤ちゃんを比較調査したところ､言語習得はビデオを見ていない群のほうが進んでいた､との結果が出たらしい。

「ニーズ」。
よく耳にする言葉だ。
胸を大きくしたい、というニーズがある。
子供に言葉を覚えさせるための簡便な教材がほしい、というニーズがある。
そのニーズに応える「サービス」ができた。売れた。万歳。
でも、もし上記の調査結果が、現実の因果関係を捉えているのだとすれば、子供や女性が「本当に必要としていたもの」は、そうじゃなかった。

「期待」と「希望」は、ちがう。
「期待」は、胸を大きくしたいとか、教材が欲しいとか、そっちのほうだ。
とても具体的で、わかりやすい。
でも、それをほしがっているときはおそらく、「本当に自分に必要なもの」のことは、自覚していない。
「希望」はたぶん､本当に必要なものの方を向いている。しかししばしば､「希望」の内容は具体的ではない。

WHITE PARROT
SUPER S-3 Oil
30

「希望」はそれが叶ったときはじめて、具体化する。
一方、「期待」は最初から答えが見えている。
ただし、「期待通り」のことが起こったとき、その「結果」は、それを期待した本人の予測とは違っている場合も、多い。
「胸を大きくしたい」という「期待」が叶ったあと、それでどうなるのか、は、期待した本人はもとより、だれにも、やってみるまでわからないのだ。

豊胸手術や教育ビデオは「手段」だ。
では「目的」はなんなのか。
男性を惹きつけたり、人よりもラクに早くしゃべれるようになることだ。
最終的には、心が満たされる、つまり「幸せになる」ということだろう。
だけど、男性の目を惹きつけられれば、それで幸せなのだろうか。
人よりもラクに早くしゃべれたら、それが幸せなのだろうか。
「幸せになりたい」と、だれもが言う。
でも、幸せってなんだろう。

幸せってなにかなあ
と、ぼやくみたいに、センチメンタルに、ふざけたみたいに、けっこうみんな言っている。居酒屋なんかでつぶやいてる人がいる。ドラマや小説やマンガの中で、若い女の子なんかがしゃべらされている。
幸せってなにかなあ。手垢にまみれた言葉だ。

ガンで胸を切り取った宮田美乃里さんという俳人がいる。
彼女のヌードをアラーキーが撮った『乳房、花なり。』という写真集がある。
以下は、この写真集を紹介して下さった老僧の話。
修行僧時代、彼は立ち寄った温泉宿の仲居さんに、不意に呼び止められた。
彼女は唐突に
「あんた坊さんだろ、じゃあこれを見ときなさい」
と言い、その場でもろ肌を脱ぎ、乳ガンの手術痕を剥きだしにさらした。

この衝撃的な体験に、そのときはただ圧倒された、と、その老僧は語った。
若き修行僧は雷に打たれたように、無言で見つめるしかなかっただろう。
そして、それから何十年も経った今も、聴衆に向かってくりかえし、自ら何度も噛みしめるように、語る。
圧倒的な喪失、それを受け止めきれないまま受け止めようと、喪失の傷口自体を必死に見つめる人々の姿を、僧も必死に見つめ続けているのだ。

この人達はたぶん、何かを悟ってしまっているわけではない、と私は思う。
この人達だってきっと、私達同様、なにがなんなのかわからないまま、どんどん迷路の彼方に向かって、考え続けていっているのだろう。
考えるという道のりを、無言のまま、あるいは何度も人に語りながら、歩き続けているのだろう。

幸せ、とは、何なのだろう。
豊胸手術を受けた数年後、自殺を選んだ女性達と、もろ肌を脱いで乳ガン手術の傷痕を自らも見つめ、人にも見せるこの女性達との違いは何なのだろう。
もちろん、前者が不幸で後者が幸福だとか言うつもりはまったくない。
私は豊胸手術を受けたいと思ったことはないけれど、もっと美人でスタイルがよかったら、と、うらみに思うことは非常にしばしばある。
どうしてそう思うかというと、人に愛されたり褒められたりしたい、という望みがあるからだろう。
この望みがなぜ、見た目の美しさを求める気持ちに結びつくかというと、
「美しければほめられるし、愛される」
という前提があるからだ。
さらに「ほめられたり愛されたりすることがイコール、幸せ」
という仮説を信じているからだ。
この前提と仮説を、豊胸手術を受ける女性達も、共有しているだろう。
でも、少なくとも、豊胸手術を受けた女性達の一部にとって、この仮説は成立しなかった。
ということは、これらの前提や仮説のどこかに、おかしな所があるのだ。

## 縁

「それは地上の道のようなものである。
　もともと地上には道はない。
　歩く人が多くなれば、それが道になるのだ。」

（魯迅『故郷』より）

これは「希望」についての言葉だ。
でも、私はこのセンテンスを繰り返し読みながら、「縁」のことを思った。

「縁」というのは多分、最初に歩いた足跡なのだ。
それを何度も歩いているうちに、点と点がつながって、道ができる。
「歩く人」の人数は、延べ人数だ。
たとえたった一人でも、何度もそこを歩いていれば、道ができる。

仏教用語である「縁」の元々の定義はそうではない。
でも、日常語として「縁がある」「縁が切れる」などと言うとき、それは人と人とのつながりを指している。あるいは、人と物事とのつながりを表現する場合もある。
このような場合の「縁」には、「何度も歩いてできあがる道」すなわち「つながり」や「絆」のところまでが含まれている。
最初のきっかけと、それを起点として作り上げた信頼関係までをひっくるめて「縁」と呼ぶのだ。
「縁」には、意味のあるきっかけ、という意味合いが込められている。
「縁」があれば、出会いも、その結果できあがる信頼関係も、自然になんの問題も苦労もなく手に入る、という思想がここにある。
日常語としての「縁」は、いわば、それが結実するという未来をあらかじめ約束された「きっかけ」のことなのだ。

Dim

だけどそんな、未来を約束された「きっかけ」なんて、
本当に存在するのだろうか。

きっかけがあって、それを受け取って育てて、結果が作られる。
ふとした出会いがあって、それを育てて、つながりや絆ができあがる。
つながりや絆ができたとき、人々は最初の「ふとした出会い」の何気なさを思い起こして、「縁」という言葉を使う。
だけど、出会っても、そこを何度も往復しなければ、それは「つながり」にはならない。
そして、最初から「往復することが決まっている」道など、多分、ない。
往復を重ねるかどうかは、その人が選択するのだ。

時間をかけて何度も、というただそれだけのことがいつのまにか、その繰り返しの分だけ深く強い意味を持つ。
だから、その道を消そうとするときは、夥《おびただ》しい手続きや努力が必要になる。
思いが強く動く。
苦労の末、一つの道がかき消されて、そして、いつかまた、別の場所に続く新しい道ができる。

ときに、遠い過去に草むらに埋もれて消えてしまったはずの道が、息を吹きかえすこともある。
かつて踏み固められたその道筋を数度往復するだけで、よみがえる。
何度もしっかりと踏み固められた道なら、おそらく、眠ることはあっても消えてしまうことはないのかもしれない。

儚い獣道をひとすじ、つけるのが「縁」だとするなら、それを「絆」に成長させる行為が、何度も往復して道を舗装すること、にあたる。
「縁がない」って嘆く人をしばしば見かけるけど、もしかしたら本当は「縁」がないんじゃなくて、何度も歩くことを知らないだけなのもしれない。

多分だれもが、草むらや森を横切って獣道をつくることができるし、そこを何度も歩いて広くしっかりした、誰もが通れる道にすることも、できるのだ。道ができあがれば、更に多くの人がその道を通るようになる。

多分、縁や絆ってそんなふうにできているはずだ。

# 愛

「現在」
は、たしかにここにあるけど、どんどん過去に変わっていってしまう。
未来は次々にやってきて、必ず一歩先にあるけど、それが手元に来た瞬間、
「現在」に変わってしまう。
過去と現在と未来は、常にくるくるくるくる入れ替わりながら
「いま、これこそが現在です」
というふうに捕まることを断固、拒否する。
過去は過ぎ去ってしまい、未来は未だ来ていない。
現在は、未来が過去に変わる、面積のない結節点でしかない。

このことは、常にだれもが体験し続けていることなのに、考えはじめると、ほんとに奇妙に思われる。
過去に帰ることも未来に飛び込むこともできないし、「現在」を捕まえることもできない。
絶対に捕まえられない「現在」の中に、私たちは閉じこめられているのだ。

愛されることと愛することは、
そんな、過去と未来と現在の関係に似ているなあ、と思う。
ほんとに、とてもよく似ていると思う。

ある精神科医の書いた本に、離婚や別離で苦しんでいる人々のグループワークの話があった。
著者は、担当したグループワークの冒頭で、
「皆さんは、５年後にどんな自分になっていたいですか」
と問いかけた。

するとほぼ全員が
「自分を本当に愛してくれる人と結婚したい」
と答えた。
これをきいて、彼はこう言った。
「あなた達の目標は、うまく行かないだろうと思う。
　愛されるには、愛されるだけの値打ちがなければならないはずだが、
　受け身に愛されることだけを最大の目標にしているような人間に、
　愛する価値なんかあるはずがないからね」

愛することと愛されることも、それが本当の意味で為される限り、くるくるくるくる、どちらがどちらともつかないかたちで入れ替わり続けていって
「はい、今これが愛されていることです！」
「はい、これが愛するということです！」
なんて、つかまえることができないのかもしれない。
過去と未来と現在の関係と、それはとてもよく似ている。

渇望して手を伸ばした「未来」からせっかく手に入れた「現在」を、いきなり「過去」としてあとかたもなく失う、なんて、時間のカラクリはほんとに恐ろしいほど潔くできている。
いっさいがっさい、何も手に残らない。
岩を何度も何度も山頂に押しあげる都度、虚しく突き落とされ続けるシジュフォスの神話は、時間そのものを象徴しているのかもしれない。
愛にもちょうど、そんなところがあるような気がする。

愛そうとする人が最も愛される人だ
でも愛するということは誰かを必要とするということで、
愛されるということは必要とされるということなんだ
なんて
「じゃあどうすればいいの？」っておもってしまう。
幸せになりたい。

幸せになるには、愛されることが必要だ。
だから愛されたい。
おそらく多くの人がそう願っている。
でも、ほんとに「愛されれば幸せになれる」のだろうか。

以前、こんな話を聞いた。

ここに、二人のおばあさんがいる。

一人は、とても裕福で数年前に夫を亡くし、娘と息子が一人ずついる。
子供は結婚して孫も生まれ、幸せに暮らしている。
子供達は同居を促しており、親子の仲は、どちらもとても良い。
遊びに行けば大事にしてくれるし、孫も優しい子ばかりだ。
でも、同居はなんだか迷惑をかけるような気がするので、このおばあさんはひとりぼっちで暮らしている。
健康面も大きな問題はないし、茶飲み友達もすこしはあるが、なんとなく淋しく心細く、日々が虚しく、早くお迎えが来ればいいのに、と思っている。

もう一人は、若い頃に離婚をし、女手ひとつで育てた一人息子がいる。
息子は数年前に殺人事件を起こし、今は服役中だ。
殺人犯である息子は全てを失って、世間から石つぶてを投げられながら、一人の人間の命を奪ったという苦しみを背負って生きている。
そんなあの子の気持ちを、母である私だけはわかってやれる。
世界中を敵に回しても、私だけはあの子の味方だ。
あの子の味方になってやれるのは、この世に私しかいないのだ。
だから、息子が出所するまでは、絶対に死なずに元気でいる、と心にかたく思い決めて、一人で生きている。

この２人のうち、どちらが「幸福」か、というのが、この話のテーマだった。

愛されることと、愛すること。
幸福であること、不幸であること。
二人のおばあさんのあいだで、このことが精妙に反転している。
少なくとも、「愛されているかどうか」ということは
この二人の幸福を考える上では、
あまり重要な条件にはなっていない。

「本気で誰かを幸せにしたい、それがゴール」なんて、なかなか思えない。
意識の上ではそう思っていても
「そうしてあげればきっと私は愛してもらえるだろう」
って、心のどこかでは見返りを期待している。
それは相手を幸せにしたいんじゃなくて、自分を幸せにしたいのだ。
自分を幸せにしたいと思ってはいけない、とは、私は思わない。
でも少なくとも「愛」という言葉は
「相手を幸せにする、ただそれだけ」
で、「自分の幸せ」はそこには一切、入ってない。
で、古来言われるところによると、愛はいいものなんだそうだ。
愛が愛される人にとってだけいいものか、というと、私はどうも、そうじゃないような気がするし、昔の人もそう思ってたみたいだ、ということを、書きたかった。

わがままいったりあまえたり。
それはすごく、おもしろいなとおもう。
大事な相手ならいつも、それをするのもされるのも、すごくうれしい。

## リーダー

1815年、アメリカの商用帆船コマース号は西サハラの海岸で座礁した。
ジェームズ・ライリー船長と乗組員はその後、サハラ砂漠でアラブの遊牧民に奴隷にされたが、苛酷な運命の後、船長の機転といくつかの幸運によって奇跡的に帰国することができた。
このライリー船長の遭難譚を、昨日、テレビで見た。

彼らの遭難状況は本当に絶望的だった。
食料も水も早々と底をつき、尿を飲むしかないところまで追い込まれた。
たどりついた海岸でそそり立つ断崖絶壁をどうにかよじ登れる場所を探して、まず船長が登ってみた。
だが、そこには、サハラ砂漠が果てしなく広がっていた。
皆脱水症状で、まわりにはだれもいない。食べものも飲み物もない。

船長は一旦絶望するのだが、
「船長として、乗組員のために、ここで勇気と強さを見せなければならない」と思い直す。

多分、物事がうまくいってるときは、リーダーシップはそんなに問われない。
でも、ピンチのときや失敗したときはちがう。
もちろん、乗組員だってキャプテンだって同じ人間だし、状況が悪くなれば同じようにショックを受け、絶望し、落ち込むはずだ。
しかし。
そこでこそ、リーダーがリーダーであることを問われてしまう。

リーダーらしく立派にやったとしても、成功するかどうかは解らないのだ。
だれも結果を保証してくれないし、守ってもくれない。

リーダーとして決めたことがアダになってみんなを更に窮地に陥れる可能性だってある。
だが、リーダーはリスクを負って、選択する。

彼らはサハラ砂漠をさまよった末、砂漠のアラブ人に「奴隷」にされる。
当時、遭難したキリスト教徒はアラブ人にとって「神の贈り物」で、奴隷にしていいことになっていた。彼らは生き延びるために、奴隷として従うしかなかった。彼らにとってアラブ人が「主人」となった。
その後、ライリー船長は一人の男気のあるアラブ人に出会い、交渉の末、あるイギリス商人に身代金を払ってもらって、自由の身となった。このイギリス人はライリー船長にとって見ず知らずの人だったが、彼はとにかく手紙を書いて、イギリス人はそれを信用したのだった。「奇跡的」としか言いようのない、まさに「人事を尽くして天命を待つ」という展開だった。

この遭難譚は、後にライリー船長の手記として出版された。
当時のアラブ社会の現実を伝える貴重な資料であるとともに、奴隷解放運動をリンカーンに決意させる一助となったとも言われている。

最近、会社でリーダーの立場にある方からメールを頂いた。
職務上、非常に厳しい状況に陥った、という内容だった。
その原因はまさに理不尽で、彼女の現場とは全く関係ないのだった。
とばっちりというか、巻き添えになったというか、そんな状況だった。
無力感や怒り、苛立ちをめいっぱい感じていらした。

でも、朝になって会社に出れば、一緒に汗を流している幾人かの部下に対して、彼女はリーダーとして「勇気と強さを」見せなければならないのだろう。お腹の中にいくつもの重しを抱えて、部下の怒りや失望、動揺や不安を受け止めなければならないのだろう。受け止めた上で、請け負った目の前のミッションに、注力しなければならないのだろう。

「部下を持つ」「被雇用者を抱える」「家族を守る」「仲間をまとめる」
などの立場に立つ人は、多くのものを背負い、抱えて、その場にいる。
最後までその場から、逃げることができない。
志願するにせよ、任命されるにせよ、それはその力の下に集まる人々の、無言の意志の上に成り立っている。
リーダーを必要としているのはリーダー自身ではない。

「部下を持ったことのない人は、
　どんなにキャリアが上がっても顔が幼く見える」
というようなことが、あるビジネス系のサイトに書かれていた。
日本人は、じっと目を見て話すのが苦手だと言われているが
時々、自然に視線を吸い寄せられてしまうような瞳の人に出会うことがある。
そこに、透きとおる子供の目と、叡智に富む大人の目の両方を感じる。
幼い子供がなにかを発見したとき、大きく見開かれるひとみは、吸い込まれそうなほどきれいだ。一方、幾多の経験を重ねた人の眼差しは、他者に対する磁力のような影響力を持っている。
体験と知識の土台に立って「見る」ことと、幼児のようにまっさらな気持ちで「見る」こと。
この２つの視線を、瞳の中に併存させることができる人がいる。
それは、何も知らずに見るのとも、知に縛られながら見るのとも、違う。
そういう目を持てたらどんなにいいだろう、と憧れる。

同じものを見ても、見える人と見えない人がいる。
見なくても解る人もいれば、見ても解らない人もいる。

顔だちや目つきは、そう簡単には変わらない。
でも、経験によってすっかり人が変わる、ということは珍しくない。
私はしばしば、年齢よりだいぶ若く見られるが、
喜んでる場合じゃないんだな、と、ちょっと反省した。

待つ

待ってるときは、なにもこない。
待ってることを忘れてしまった頃に、それがくる。
１日遅れて、３日遅れてそれがくる。
そういうときはとてもうれしい。

待ってるときにそれが来てもただホッとするだけだ。
不安だったのが、不安じゃなくなるだけだ。
だから、ソンなんだ。

自分でいつのまにか待たない平衡をつくり出せたときにそれがくると
それは、ただプラスに加算される。
穴を埋めるんじゃなくて、新しい石を積める。

スワロフスキーのきれいな粒を選んで、そうやって、小さな山を作ろう。

それは空から降ってくる。

## 長所

「私の知り合いの男性に、ゆかりさんのファン多いんですよ」
というメッセージを、最近しばしばいただく。はっきり言って、うれしい。
なんだー、そうかそうなのか、モテるところではモテているのね、
しかしなんで音はすれども姿は見えないのだろう。遠慮してるのだろうか。
いやもう、男ならどーんとかかってこい！　いくらでもうけとめてやるぜ！
と息巻いたのだったが、はっきり言って「大カンチガイ大会」なのである。
その殿方たちはみな「私」が好きなんじゃなくて、
「私の占い」を愛好して下さっているのである。残念。
いや、でも、まあそれはそれでたいへんありがたくはげみになることである。

しかし、こういう悩み（？）は、けっこう普遍的だ。
多くの女性が「彼は私が便利だから付き合ってるのよ」「体目当てなのよ」
にはじまり、実に様々な「部分売り」「機能売り」の感覚を抱いている。

あんな顔ならさぞモテモテのちやほやの幸せいっぱい人生だろうな、という
美人に話を聞いたら
「男はみんな私のカオ目当てで寄ってくるだけでなにか誤解している。
　カオで損したことはあっても、得したことなんかナイ」
と真剣に悩んでいた。
「みんな、私じゃなくて、私の占いが好きなのよ」と、ほぼ同じである。

じゃあ「本当に『その人』が好き」といった場合、一体なにを好いていれば
いいのだろうか。
たとえば、問題を単純化すると、上記の場合。
彼女が事故にあってカオがめちゃくちゃになってしまったとする。
そうすると、カオ目当ての男性は去っていくだろう。

POLARSIRKELEN
EXPEDITION
NAPAPIJRI

スタイル抜群！の女性が、事故で四肢を失ったら、
その女性のスタイルを愛していた男は、興味を失うだろう。
私の場合、失語症になったら、私の占いが好きな人は、私を忘れるだろう。

しばしば「無償の愛」ということが言われる。
何の見返りもなくても、相手がどんな状態でも、愛する
ということ、らしい。
ではそれを成立させるには、一体、その人の「どこ」を愛すればいいのか。

心の美しさとか人間性とか、いわゆる「内面」は一見、ブレなさそうに思えるが、実は、外見同様、かなりヤワなものである。
だれでも、イライラするときもあるし、落ち込むときもある。
人間的にとても尊敬できないような状態になる場合も、悲しいけれど、ある。
内面がすでに以前のようでなくなった相手を、果たして愛せるだろうか。

愛とは、なにか。
なにが「自分」の根幹なのか。
『君が僕を知ってる』という曲がある。
彼女がなにもかも知ってるから、自分は誰に誤解されても平気だ、という詞。
彼女は一体、どんなことを知ってるのだろう。
彼は、彼女がなにを知っていると解っているのだろう。
すごくすごくそれが知りたい。

ずっと以前、友人に「私のいいところってどこ」と聞いてみたら、
「うまそうに飯喰ってるところ」という返事が返ってきた。
なるほどこれなら、ボケようがなにしようが消えない長所かもしれない。
しかし、それを愛の対象にされるとなると、複雑な心境である。

本日はバレンタインなわけだが、皆様に戦略をひとつご提供しよう。
それはずばり「相手のいいところを、ほめる」だ。

これは簡単そうで、かなり難しい。
相手が心から納得できて、かつ、他の誰からも聞いたことがないような鋭い指摘でなければならないからだ。
もし、貴方が相手のいいところをびしっと指摘してあげられれば、
そしてそれが彼の本質の一端を突いているならば、
つきあえることになろうが、ならなかろうが、
貴方は相手にとって「一生忘れられない女性」になるだろう。
これは、媚びを売るのとはちょっとちがう。
なぜなら、真剣に相手を見つめて、頭をぐるぐる酷使しないと、
つまり、相手のことを深く考えないと、そんなのは解らないからである。

人は、他者を通してだけ、自分の中にあるなにかを見ることができる。
しかし「他人に自分をじっと見て真剣に表現してもらえる機会」など、そうしょっちゅうあるものではない。
もし貴方が本当に真剣に相手の長所を見いだそうと努力したなら、
そして貴方にしか見いだせない「なにか」を見いだすことができたなら、
その言葉は、いざというときの支えとして、彼の心にいつまでも残るだろう。

是非、相手の中にある、貴方にしか解らないトキメキの長所を見いだして、
それをずばりと指摘してみて頂きたい。
相手が貴方の「真剣」に値するほどの男ならば、きっとなにか、おもしろいことが起こるはずである（なにもなかったらスマン）。

そのプロセス自体に、実は深い意味がある。
相手を理解して好きな理由を見いだそうとするとき、
そこに浮かび上がってくるのは、
実は、自分自身のなにか、でもあるからだ。

「みつめる」「知る」ことには、偉大な作用がある。
恋する意味のほとんど８割くらいがそこにある。

## 非難

「どうして そんなこと言うの？」

これは「質問」ではなく「非難」だ。
「言う必要ないじゃない！　言わないでよ！」
という行間を含んでいる。
「質問」は、答えを必要とするが、この言い方は結論までカバーしている。

いわゆる「反語表現」だ。

だからこのフレーズに対する正しい答えは
「それを言った理由は、○○○○です」
ではなく
「ごめん、ひどいこと言って」
なのだ。

「どうしてそんなことするの？」
「なぜそんなことするのかわからない！」
これは、非難だ。質問しているのではなく、頭ごなしに否定してるだけだ。

本当に「理由がわからないから説明して欲しい」という表現ではない。
言った当人がそう思っていたとしても、思いこみである可能性が高い。

その証拠に、これらに論理的に回答しても、多くの場合はムダだ。
否定されるか、無視されるか、あげ足を取られるだけだ。
だからこれは、語義に意味のあるコミュニケーションではない。

NO.

と、国会中継で、ある議員の代表質問を見ていて思った。

もし仮にそれを質問のつもりで投げかけても、相手は反語として受け取ればいいだけだ。現に、質問された相手は、そうしていた。
つまり「すみません」と謝っただけだった。
もし相手に何か意味のあることを言わせたいなら、まったく別の「訊き方」をしなきゃいけないだろう。

「どうしてそんなことするの？」
「なぜそんなことするのかわからない！」
これは、一見、「質問」しているようでいて、実はそうではない。
「解らない！」「理解できない！」と言っているのだ。
理解できない、というのは即ち、コミュニケーションの断絶だ。
「貴方の考えは理解できません」。
もう貴方の気持ちや立場、考えなんか、私にとってはどうでもいいのです、
という拒絶の宣言が
「どうしてそんなことするの？」
という表現に込められている。
少なくとも、そういう場面が多々、ある。

誰かに怒りや不信感を感じたとき、本当は、どうしたいのだろう。
多分、こっちの気持ちを相手に解ってほしいのだ。
悲しみや怒りを、相手に伝えたいのだ。
だから、相手の気持ちを「解らない！」とつっぱねて、「私のきもちを解れ！解るはずだ！」と投げつけてしまう。
でも、それでは、「解ってもらう」ことは、おそらく難しい。

許すことと理解することは違う。
自分の気持ちを理解してもらえたとき、人の心には余裕が生まれる。
だから、相手の話を聞く用意ができる。

もし本当に、相手に怒りを解ってほしいなら、相手のずるさや弱さ、悲しみや後ろめたさなどをまず、受け取ってあげるのだ。
そうしたら、相手にも、こっちの言い分を受け取る用意ができる。

怒りを我慢する必要はないのだ。
不当に扱われたらしっかり怒るのが、人間の誇りだ。
でも、それを相手に解らせたいなら、ただ投げつけるだけでは非効率なのだ。
怒りを感じたら、確実に解らせなければならない。
そのためには「私を怒らせた貴方を、私は理解できない」と拒絶するのは非効率なのだ。
一旦、自分の怒りを抑えて、相手の言い分を全部聞く。
その上で、一気に自分の怒りを相手に伝えれば、そのとき、相手もこっちの怒りを多少なりとも、理解できる可能性が出てくる。

もちろん、怒りの感情がせっぱ詰まってそんな余裕がないときもある。
そういうときは、もうストレートに怒ってしまうしかないが、そのときも、「どうして？」という相手に対する反語表現より、「怒りを感じた！」という感情表現のほうが相手にとって受け取りやすい。
「貴方が悪い！」ではなく「頭に来た！」の方が、はるかに効果的なのだ。
非難や拒絶よりも、激怒や号泣のほうがいいのだ。

恋人や家族とケンカして悩んでいる人の相談メールに、
私はしばしば、そんなふうに返す。

# 四面楚歌

「四面楚歌」とは、「まわりが全部、敵」という状態をいう。
自分の味方がいない、という状態をいう。

この言葉は、司馬遷の『史記』の、「垓下《がいか》の戦い」から来ている。私はこの話を、司馬遼太郎の『項羽と劉邦』で読んだ。
項羽率いる楚軍は強大だったが、項羽の身内びいきや論功行賞の荒っぽさに嫌気が差した諸将が次々と寝返り、項羽はわずかに残った味方と陣屋に立てこもる。
それを包囲した、元楚軍の兵達が、一斉に楚の歌を歌い始める。
このとき、項羽は自分の敗北を悟る。

たしか、中学校か高校の古典の教科書に載っていたような気がする。
「矛盾」とおなじくらい有名な故事成語だ。

つまり「楚歌」とは、項羽の故郷の歌なのだ。
おなじ故郷を持ち、味方であった者たちが、いまでは自分を見捨て、あるいは敵となったということを意味するのが、「四面楚歌」だ。

この言葉を思うとき、この「楚歌」を歌っている人たちは一体、どんな気持ちなのだろう、と想像してしまう。
項羽の側から考えると、かつて敬愛した将軍を裏切った人たちの悪意に満ちた歌のようにも受け取れる。
でも、裏切った人たちはむしろ、項羽のほうを「自分たちを裏切った将軍」と見ているだろう。
我々は故郷を愛し、同胞のために戦ったのに、項羽はそれを我欲のために裏切ったのだ、だから我々は故郷同胞のために項羽を粉砕しなければならない。

皆一致団結してあの裏切り者を倒さなければならない。

人はいつでも、自分が善であり正義である。
どんなときでもそうだ。
たとえ、自分に非があることを認めていたとしても、敢えてその行動を選択するとき、その人の心には、その「小さな非」を凌駕するほどの「大きな善」あるいは「正義」が、ちゃんと存在している。
そうでなければその行動は選べない。
「泣いて馬謖《ばしょく》を斬る」など、そういう故事はたくさんある。
人を殺すのは良くない、けれども、正義のためには戦わなければならない。
この商品を売ると人の身体に悪い、けれども、その人が楽しんだり私が家族を養ったりするためには、売らなければならない。

「楚歌」を歌ったひとびとは、
その心に、彼らなりの「善」を抱えていたはずなのだ。
故郷への愛であったり、故郷に残してきた家族への愛であったり、彼らにとって一番大切なものがまず、あって、それを「傷つけた」項羽を呪い、故郷の歌を歌うことは、彼らにとっては当然の、まったくピュアな行為であったにちがいない。
過去に誓った忠誠を自分で引き裂く痛みは、それに比較すれば小さな事だ。
少なくとも、彼らの心の中では。

人の心の中には、その人なりの「正しさ」が存在する。
小さな非を認めても、それを打ち消すような「善」を自分の側にセットする。
それをしないと、行動の選択ができないからだ。
積極的な行動を取るときばかりではない。
無視するときや軽視するときもそうだ。
沈黙や放置にも、それをする人の心には自分なりの正義が宿っている。

人は相手の「非」のほうに語りかける。

お互いの対立する正義は、決して対話しない。
こういうとき、正義は沈黙せざるを得ない。
自分の正義が相手には決して通用しないと解っていることもある。
自分にとって当然の正義が、相手を決定的に痛めつけることを知るがゆえに、敢えて沈黙せざるを得ないことも往々にしてある。
お互いの正義が対話を始めたらおそらく、その人達は立つ場所を失い、生命力そのものを失ってしまうのかもしれない。
矜持やプライドは、他者の中のなんらかの部分を無視するところから始まる。
そうしなければ立たないものがあるのだ。

小さな「非」は、誠実な人の心の中で声を潜めて啼《な》く。
うめいて、その人の心に小さな傷をつける。その人が気づかないくらい小さな傷を付ける。
中には、その傷の痛みをたくさん背負って行く人もいる。
ごまかされずにちゃんと気づいていて、その上で背負ってゆく人もいる。
その強いやわらかなひとの哀しみを思い出すとき、胸が痛くなる。

この話は、正義は絶対的ではなく相対的なものである、という論旨ではない。
だれもが善意の人である、という論旨でもない。
何が言いたいわけでもないんだけれど、ただ、四面楚歌、という言葉には、ある種の過去がある、と気づいたのだ。
「かつて自分自身だったものが自分に敵対し、自分を滅ぼそうとする」
という、なんとも不思議な、不可解な病のような状況が、ごく一般的な言葉として使われていることに、人の心の玄妙さを感じたのだ。

四面皆楚歌、悉《ことごと》く楚歌、そういうときに、とおくからやさしい声がふと、届くと、別な時空で過ごした、解りあえるあたたかい風景のことを思い出したりする。

# 失敗

だめかもしれない、というのは、ほんとう！にダメかもしれないのだ。
失敗するかもしれない。
間違うかもしれない。

それで、失敗も間違いも、取り返しがつかないのだ。
徹底的に喪失するのだ。
やりなおしなんかきかない。
それは「試練」とかではない。常に本番だ。

必ずうまくいくなんて絶対にあり得ないし、今までだって失敗しているし、取りこぼしているし、やってはいけないことをやって取り返しのつかない罪や自分への失態を積み重ねている。
もっと私が強くて正しかったら、もっと周囲も自分も幸福だったろう。
これは厳然たる事実だ。

失敗してきたのだ。弱かったし、ずるかった。
ごまかしていたし、過信していたし、依存してきた。
自他を害して、痛めつけてきた。

それは何かのための踏み台とか練習とかじゃない。
仮にそうできたとしても、失敗は失敗なのだ。
過去は「解釈」では、変えられない。

感謝することもいいと思う。
これから先につなげようと考えるのも正しいと思う。
でも、やっぱり失敗は失敗なのだ。

そうしなかったら助かったものがたくさんあったのだ。
そして恐ろしいことに、この先も、あおのけに転ぶ可能性が厳然とあるのだ。

失敗が穴をあけて待ちかまえているのだ。

それを知った上ではじめて、リスクと責任を負う、と言えるはずなのだ。

必ずうまくいく、守られている、試練があっても乗り越えられる、と、そう信じることもいいかもしれない。
でも、人間は失敗する。間違う。そして取り返しのつかない喪失をする。
そのことが解らなければ、本当の意味で責任やリスクは負えない。
本当の意味で責任やリスクを負えない人は、現実を見る力に欠ける。
現実を見ないとき、人は、自ら判断し行動することを放棄している。

こわいのだ。
剥き出しで世界に出ることはこんなにも怖いことなのだ。
ダメかもしれない、というそれを背負わなければならないし、ダメだった、ということも、認めて背負わなきゃいけない。
それが「自立」ということなのだろう。

絶対にこうすれば大丈夫、守られていられる、なんてウソだ。
少しは痛い思いをしても必ずうまくいく、なんていうのもウソだ。
小さな選択は要求されるかもしれないが、流れに乗っていれば大丈夫、なんてウソなのだ。
頑張れば必ず報われるということもない。
頑張る、その頑張りこそが大間違いであることもある。
努力の結果が人を害することもある。
流れの行き着く先はだれでも自分の墓で、墓碑が建たない人だっている。

「再びやってしまう大失敗」「再び襲われるかもしれない激痛」を知っていて、

その恐怖に震えながらつねに一歩踏み出すのが「自立した人」なのだ。

やってしまったことの罪科《つみとが》を認め、やってしまうかもしれない罪科におののきながら、だれも守ってくれないところで選択を繰り返しているのだ。

間違った経験を引き受けていて、そのことに深く傷ついていて、後悔していて、恥じていて、この先も自分は決して間違わないなんて言えないって、心底から思い、それに日々、恐怖している人同士だけが、
本当にわかりあえるんだろうと思う。

それは傷の舐めあいや慰めあいじゃない。
合い言葉のような、無言の微笑みや相づちのような、
信頼できる確かな反応だ。

## 喪失

遠回りのように見える道が、実は一番の近道だったりする、ことがある。

恋をして破れて辛い気持ちのとき、
相手に何度も何度もメールを送ってしまう人がいる。
どうしても相手に戻ってきて欲しいと願う人がいる。
７年ほどネットで占いをしているが、そういう内容のメールは途絶えない。
幾多の方が「あの人をかえして」という悲鳴のようなメールを下さる。
男性からのものも少なくない。
毎週、何通も何通も、そういうメールを受け取る。

嫌われたり、誤解されたり、相手の気持ちが冷めてしまったりしたとき、
人はすぐ、相手の頭の中にある自分の像を、消しゴムで消したり、美しく修正したりしたいと願う。
ときにその気持ちに強迫的に取り憑かれて、仕事もなにも手につかなくなる。
怒らせた相手の気持ちをなだめなければなにをしていても虚しい感じがしたり、相手に自分のことを思い出してもらえなければ世界中が灰色のように思えたりする。
どうにかして自分をよく思ってもらおうと、どうにかして自分を大切に思わせたいと、思いのたけを投げつけるみたいに必死でメールをし、電話をし、アクセスしようとしてしまう。
謝罪の言葉を並べ立てて、反省と誓いと約束と自己否定を羅列した卑屈な手紙を送ってしまう。
そうでもしていないと苦しくて仕方がないのだ。
いま、すぐに、一刻も早く。
その思いで、頭も心もいっぱいになる。

たくさんの人が「別れ」を受け入れられない。
それはあたりまえだ。
恋した相手を失うのは辛すぎることだ。
寂しさや、プライドの傷や、孤独や恥ずかしさ、チーズのようにぽこぽこ穴が開いてスカスカになった心をどうすればいいかわからなくて、なにでもいいから泣きつきたくなる。
まさに「占いなんか」に頼りたくなる。
きっと彼は戻ってきますよ、と言ってほしくて、
待っていれば帰ってきますよ、と言ってほしくて、
メールを思い切って送ってみたらいい返事が来ますよ、と言ってほしくて
身もだえするような気持ち。

その気持ちはよくわかる。
なにを隠そう私だって恋に破れたことは幾度もある。
苦しみから一刻も早く解放されたくて、その人になんとかしてもらいたくて、
この喪失はウソだよって、だれかに保証して欲しいんだ。

だれだって、自分が愛した人には愛されたい。
それはあたりまえだ。
でも、残念ながらそうはいかないこともある。
それを受け止めるのが、相手にしてあげられる、唯一のことだ。
相手のためならどんな苦労でもする、何でもしてあげたい、と思ったのなら、
相手の本音は、どんなに苦痛でも、そのまま受け止めて守るしかない。
自分にとって嬉しい本音でも、嬉しくない本音でも、その両方が混じっていたとしても、それを受け止めることだけが「相手のためにできること」だ。
嬉しくない本音が出てきたとき
「そんなはずはない！」
と、大吉が出るまで何回もおみくじを引き続けるみたいにメールを出し続けるのは、相手の本音を受け止めたことには、ならない。
そうしちゃう気持ちはよくわかる。

でも、それでは、相手の心に触れられない。
悲しいけど、そういうやり方では、さわれない。

離れてしまった相手の気持ちを受け止めるのは至難の業だ。
どんな人格者でもこの恋の喪失に気楽に耐えられるなんてことはない。
強かろうが弱かろうが痛いものは痛い。
だれだってある程度の年齢になれば、その痛みの経験があるはずだ。
もちろん、その経験がないひともいるだろうけど。

遠く見える道の方がほんとは近道なのだ。
失恋したときは一瞬一瞬が苦しいけれど、
次の一瞬だけとりあえず持ちこたえたら、
その後の一瞬は、そのときの自分がなんとかしてくれるだろう。
相手にとって自分が何の意味も持ってないと知るのは辛い。
辛いけれども、それが相手の気持ちなんだ。

相手を鏡にして自分のことばかり見ていると、相手の実像も、自分の実像も、まったく見えなくなってしまう。
相手が自分をどう思っているか、とそればかり探していると、相手のことも自分のこともわからなくなる。
でも、相手の頭の中にある自分の像に気を取られるのをやめることができれば、ありのままの相手と、ありのままの自分を、同時に見ることができるようになる。

今、百も二百も言葉を重ねて弁解するより、黙って自分を変えていくほうが、ずっと早く、相手の中にある自分の像を変えることにつながる。

もう一通「本当のメール」を出せば、彼は戻ってきてくれるかもしれない。
「素直な気持ち」をもっとぶつければ、振り向いてくれるかもしれない。
失恋したばかりの女性はそんな「かもしれない」を一秒ごとに、心に描く。

この気持ちはもう、どうしようもなくしかたがないのだ。
どうしたってそういうふうに期待してしまうのだ。
この思いに一人で耐えて闘っていかなきゃいけないなんて、
生きてるとはなんと苦しいことだろう。
でも、多くの人がこの苦しみを味わって、そして、
いつのまにか、乗り越えていく。

一見遠回りのように見えた道は、歩き出してみればそれほど遠回りじゃない。
歩き出すっていうのはつまり、
「自分のここをなおしてからじゃなきゃ、相手に合わせる顔がない」
と思える、ということかもしれない。
あるいは、好きになったそのこと自体が、ある種の誤解だったという場合も
あるだろう。
自分の弱さの補填だったり、自分へのゴマカシだったりする場合もある。

終わった恋にはたくさんの「カギ」が隠されている。
そのカギを見つけるほうが大事なことだ。
カギが見つかれば、進むべき「道」もすぐに見つかる。
相手が今すぐ和解してくれる以外の手段では、この苦痛は絶対に消えない
と思っているとき、その人は「道」に背を向けている。
しばらくはそうでもしかたがない。
でもだんだんに、進めるようになる。

「彼ともう一度会うにはどうしたらいいの？」というメールを読むと
その人の今の辛さや苦しさを思って、胸が痛い。
苦しみのあまり逆効果のことばかりしてしまっている人を見ると、大きな声
で「ちょっと待った！」と引き留めたくなる。
その人の所まで走っていって羽交い締めに取り押さえたい気がする。
どうか、大きく深呼吸して安心してほしい。
未来に「いいこと」はちゃんとある。

それは今の貴方が頭にものすごくリアルに描いているその期待通りじゃないかもしれない。
でも、また胸が大きく膨らむような喜びや誇らしさを、
必ず感じることができる、と
そのことを声を限りにたたみかけたくなる。

今すぐ苦痛から自由になることは不可能、それは当然だ。
でも、そんなに苦しいままでも、
自分の手と眼と耳と心で「道」を見つけることはできる。
そんなにも苦しいままでも。なんとか歩き出すことができる。
大丈夫なんだ。

本当に弱い人というのは、喪失の体験を乗り越えたことがない人なんですと、あるお医者さんが話していた。
何か大切なものを失った体験と、それを乗り越えた体験をしたことがない人は、年齢が上がって、ひとたびそういうことがあったとき、いとも簡単に崩れ落ちてしまうのです、と。

手紙

大事な人に、一生懸命手紙を書きました。
相手のことを必死になって考えて、そして、気持ちをうまく表せなくて、自分の表現力の弱さに自信をなくしながら、それでも手紙を書いて、ポストに入れてきました。
そういう内容のメールをいただいた。

お二人の間には今、いろいろな距離ができてしまっていて
伝えなければならないことが、伝わらない状態になっているのだった。
その方はこの手紙を書くために、
必死に自分と大喧嘩をして、本当に伝えなければならないことを探し、それでなにか、いとぐちを発見されたのだ、と私は思った。

その方の祈るような気持ちが、とてもよくわかる。
誰もが人生の中でときどきそんなふうに、
「本気で」手紙を書くことがあるだろう。

手紙は、空気を震わせて伝わる声や、デジタルに分割されたメールの文字とは違う、特別の機能を持っている。

それは、時間に飲み込まれて雲散霧消しない、ということだ。
だからそこに書かれることには、長期にわたる風雨に耐えて続く力がなければならないし、時間が経っても嘘にならない、死なない事実が刻まれていなければならない。

そういうメッセージは時間に耐えて、いつか必ず、その人の心に届く。
さらに、長い時間の中で何度も、

違った意味を重ねながら、繰り返しその人の心に届く。

時間は捕まえられない。
人の心も、捕まえられない。
人の心は生きていて、時間に刻まれているからだ。
電話やメールに乗って伝わっていくことは
そんな時間の波にきりきざまれながら、虚空に消えていく。
デジタルデータも、電話線を介してつながる音の波も、空間に吸い込まれて
どこか遠くに置き去りにされる。

でも手紙には、そんな波を乗り越える力があるような気がする。
投函してから相手に届くまでにタイムラグがあっても、そのタイムラグの間
に心が変わって、手紙の内容がウソになるかもしれない、なんて思えない。
別れた恋人の手紙をいつまでも取っておくのは、単なる感傷ではなく、
それが風雨に耐える真実を孕んでいるからなのだろう。
風雨に耐える真実がある、と、
書く側も、それを取っておく側も、知っているからなのだろう。

それは、紙に手で書くからかもしれないし
紙が残るからかもしれないし
持って歩けるからかもしれないし
水に落としても油性インクなら消えないからかもしれないし
理由はうまく説明できないのだが
でも多分。

しばしば、波立つ感情が意識を完全に支配するけれど
その下に、深海のように揺るがないどっしりとしたボリュームの水があって
そこは、歳月が経とうが、嵐が繰り返されようが、常に同じ温度に保たれて
いる。

変化するのは表面だけなのだ。
初恋の相手に今、恋していなくとも、その源泉になったあたたかい気持ちは
多分、死なずにそのラブレターとつながっている。
ガラス瓶に詰められて流された手紙の顛末がいつも人の心を打つのは、
その手紙のナカミが決して「死なない」からなのだ。
「死なない」と信じられるものを込めるためでなければ、
人はそんなに真剣に手紙なんか書かない。

学生時代、レシートのウラを便せん代わりに使って手紙をよこした友人がいて、彼女らしいユーモアだなあと笑っていたのだが、
よく考えるとそこには彼女の買ったものが記されているわけで、
そこには彼女の生活の一端がかいま見えているわけで、
「元気だよ、ちゃんと生きてるよ」
という感触が、握手するみたいに伝わってきた。

手紙を書くと、相手の手元にそれが届くまで、ドキドキする。
そして、相手の手元にそれが届いてから、
気持ちが伝わったかどうかを想像して、また、ハラハラする。
そんなタイムラグにも、どうか自分の言葉が耐えて欲しいと、
二人の間にある境界線を、どうかこの言葉が無事に超えていって欲しいと、
心の中にステンドグラスの礼拝堂を据え付けて、旅に出た恋人の帰りを待つように祈り続けるのだ。

時間に飲まれて消えていくものの向こうに、
時間に飲まれないものが生まれて残る。
手紙を書くってそういうことだろうと思うし
私も原稿を書くときは、そういうふうにしなきゃいけないんだ、と思った。

## 象徴

「赤毛のアン」は、シリーズもので、彼女の少女〜青春時代から、アンの娘の青春時代まで続編がある。
孤児である少女アンが、マリラとマシュウという独身の老兄妹の住む家「グリン・ゲイブルズ」に引き取られ、いろんな悶着を起こしながら成長し、やがて結婚して家族を持ち…というストーリーだ。
私はこのシリーズが子供の頃から大好きで、暗記するくらい読んだ。

アンがまだティーンエイジャーの頃、グリン・ゲイブルズではマリラの遠縁に当たる双子を引き取ることになる。デイビーとドーラという、男女の双子だ。デイビーは最悪の腕白ボウズで、ドーラはその落とし前のようにおとなしい。アンは２人に素晴らしい感化を与えたあと、大学進学のためグリン・ゲイブルズを離れる。
遠い街で下宿生活をする大学生のアンに、小学生くらいの年頃のデイビーは、手紙を書く。その手紙の内容はばかばかしく面白い。
(詳しくは「アンの青春」をどうぞ)

デイビーはアンをとても慕っている。
「ねえちゃん」と訳されているのが原文ではどんな単語なのか知らないのだが、姉、恩師、母、などがないまぜになったような存在が、彼にとっての「アンねえちゃん」だ。
彼の中で、彼女は揺るぎない尊敬と愛の対象となっている。
従って手紙の最後に、デイビーは「キスマーク」をたくさんつける。
キスマーク、すなわち「x」が「キス」を意味するのだ。
彼は、自分からアンへのキスをたくさんつけたあとで、「ドーラからもひとつよこしました」といって、ひとつ足す。
つまり、こんな感じになる。

WELCO
FREY
CLAUDE
BRASSEUR
JEAN-LUC
GODARD
REACH

xxxxxxxxxxx,x

最近、この「x」キスマークに、「o」もつけられる、というのを知った。
「o」は「ハグ」の意味なんだそうだ。

xoxox

これで
「キスハグキスハグキス」
と読む。

これは、キスやハグの「意味」を付与された「記号」のように思える。
でも、私は、それは違うんじゃないかと思っている。
このマークは、「記号」ではなくて「象徴」なのだ。

「象徴」と「記号」は違う。
記号は一対一の意味で辞書的にデコードできる。でも象徴は、そうじゃない。
ロザリオや国旗といった「象徴」がそうであるように、「象徴」を取り扱う人の心は、その象徴が指し示す「本体」を取り扱うのとおなじ敬虔さに満ちている。
象徴は、「それ自体と同値・等価のもの」である。
ロザリオを握り締める人の気持ちと、交通標識を見る人の気持ちは違う。
交通標識に書かれたシカはただの記号だが、ロザリオはそれを踏んだり傷つけたりできない「象徴」だ。踏み絵を踏む足が痛むのは、その絵が象徴だからなのだ。

「象徴」は面白い。
「象徴」はその中に、物語や世界を内蔵することができる。
私は思うのだが、「象徴」とは、何かを意味したり指し示したりするのではなくて、その象徴に属すること以外のこと、を、すべてそぎ落としたときに残るひとつの世界、を意味するものではなかろうか。
記号は、あるひとつの意味を指さす。
一方、象徴は、自分と関係のないこと全てを暗闇に押しやり、その象徴にくみするもの「だけ」が詰め込まれた純粋な世界を、聖別するのだ、と、そんな空想に耽ることがある。

象徴は「それそのもの」とおなじ威力を持つ。
そんなものを扱える人間の心が、私には不思議でならない。
コンピュータは言葉と記号は扱えるが、多分「象徴」は絶対に扱えない。
足し算の「プラス」の記号と、十字架のその威光とが、機械にはどうしたって見分けられない。
でも人間であれば誰でも、クリスチャンじゃなくても、ロザリオを何の気持ちのとがめもなく踏みつけることは、おそらく、できない。

手紙やメールは、「言葉」だけで成り立っている。
でも、言葉では伝えられないことも、ある。
軽い気持ちで添えるキスマーク、でも、
xoxo、と書いたらそのまま、キスそのもの、ハグそのものが、手紙に「乗る」のだ。

そんなふうに、人間は時空を超えてしまうことができる。

# 月

青天に月有りてよりこのかた幾時ぞ
我今杯をとどめてひとたび之に問う
人明月をよづるも得べからず
月行却って人と相い随う

李白。

手を伸ばして空の月をつかもうとしてもつかめないけれど
あきらめて帰ろうとする自分のあとを
月はいつまでもついてくる。

星占いでは
月は「感情」の象徴だが
このくだりは
ぴたりと重なっている。

手を伸ばしてつかもうとしてもつかめない。
でも、つかむのをあきらめて立ち去ろうとすると
そのうしろを、離れずにずっとついてくる。

この、ふしぎなもの。

## 才能

才能がある、とか、才能がない、とか、よく言われる。
占いの相談でもとてもしばしば、
「やりたいことがあるのですが、私にはその才能があるでしょうか」
と聞かれる。
最近受け取ったメールにもこの言葉が出てきて、
「才能」って何だろうなあ、と改めて、考えた。

ある作家さんが、
「才能というのは、大いなる欠落を必死にうめようとする時に出てくる力だ、
目の見えない人の聴力が敏感になるのと似ている」
という意味のことを書いていた。
私はその方にお会いしたとき、そのことを持ち出して
「ご自身では才能があるとお思いになりますか、だとしたら、
　その『欠落』って何なのでしょう」
と尋ねたことがある。そのとき、その作家さんは、
自分はコミュニケーションがとても苦手で、そこじゃないだろうか
というようなことをおっしゃった。

私はそのときまだ大学生で、才能というものにこだわっていた。
才能があれば成功できるだろうし、才能がなければ他のことをやるべきだ
とか、そんなふうに考えていた。
才能というものを、いわば一種の魔力みたいなものだと思っていたのだろう。
その魔法を使えば、他の人にはできないことが簡単にできる。
魔法がなければ、凡庸なことしかできない。
そんなふうに。

14
16
17
18
21
22
23
26
27
28
29
33
34

「才能ってなんだと思う？」と、あるクリエイターに振ってみた。すると、
「それを夢中になってやらずにいられないってことじゃないかなあ」
とかえってきた。そのあと、さらに
「傲慢に、わがままに、自分勝手に」
みたいな言葉がいくつかくっついた。
そうそうそうそう、この「傲慢にわがままに自分勝手に」それをやっている、というのが肝心だ。
それは「才能」のイメージにぴたりとくる。

この夏、私はおかしな体験をした。
この「体験」は、はっきり言って、私の思い込みとも思えるのだが、過去にそんなことを感じた記憶がないし、とにかく、とても奇妙な出来事だった。

それはどういうことかというと、
自分と似たような「才能」を持っている人を発見したのである。
その人は既に故人であって、私なんか及びもつかないどころか遙か天上、みたいな大きな仕事をしていて、おそらくだれかにこの話をしたら
ぷっ
と笑われるのがオチだろう（なので名前は言わない）というほどの人である。
こうやって名前を伏せて書いていても、おこがましくて恥ずかしくて、顔が赤くなってくるくらいの人である。

でも私はその人の仕事を見て、それを「どういうふうに作ったか」が、ありありとわかるのである。
作るその手の痕が自分の手触りとして、生々しく伝わってくる。
こんな奇態な感触は、感じたことがなかった。
他の人の仕事もたくさん見てきたけど、そんな気持ちは初めてだった。
どうしてこういうやり方をしたのか、が、リクツではなく鼓動で理解できる。
「わかる」のだ。
他の人に説明できないような重みでわかるのだ。体でわかるのだ。

その生々しさは、息が苦しくなるほどだった。

そういうふうにわかる、がゆえに。
そこにたどり着くまでの道のりがどんなに長くて険しかったか、ということに、完全に圧倒された。
この人がどんな生き方をしたのか、わかった。
これは、自分との差という意味で「わかった」のだ。
天辺が雲の中に突き抜けているような高層ビルを、木造モルタル二階建ての私がベランダから見上げてため息をついてるみたいな感じ。
それがどのくらい高いかも解らないほど高い。
同じ建物であるがゆえに、その絶対的なスケールの差に打ちのめされた。
圧倒されてしゃがみ込んだ。もう何もしたくなくなった。

「1%の才能と99%の努力」
というようなことがよく言われる。
よく言われるけど、本当にそれを実感できるのは、それを自分でちゃんとやった人だけなのだと思っていた。
だが、ちがった。
こんな実感の仕方もあるのだ。
つまり、
私にはこの努力と経験と苦悩は越えられない、
ここまでやることが生きているあいだには多分絶対できない、
そのことである。

99%を共有できる相手の1%の才能にどうしても手が届かなくて打ちのめされる人の話はよく耳にする。
だが、その「逆」もあるのだ。
1%を共有したがゆえに、相手の99%の大きさ重さに、打ちのめされた。
なんでもっと頑張ってこなかったのだろう、
どうしてこんなに無為に過ごしてきてしまったんだろう、

悔しくてほんとうに泣けてきた。
しかしこんなのは多分、ハタから見たらバカみたいなのである。
めそめそ泣いているそばに、だれもいなくて良かった。慰められても、泣いている理由を説明しようがない。

「才能」とは、「人と自分の違い」程度のことだ、と私は思っている。
人間は他の人間と、同一種としてめちゃくちゃ似ているけど、でも個体として絶対に「一致」はしない。
だれでもかならず、他の人とはどこか、違っている。
わずかに、でも絶対に、違う。
上記で私が「この人と同じ才能がある」と思ったというのは、単にこのことに過ぎない。
要するに、その人が他の人と違っているポイントと、私が他の人と違っているポイント、それが似てる、というだけのことだ。
似てる人は他にもたくさんいるだろう。
その人は大きな仕事を成してそれを「才能」と呼べるが、私の場合は単なる「わずかな偏り」に過ぎない。

才能は、何もはじめない段階では単なる「人との小さな差」でしかない。
なにか仕事をした時、なにかを作り上げた時、活動した時、他者と関わった時、つまり「自分の行為が社会的に意味を持ったとき」、初めて「違い」が「才能」に変換される。
なんらかの仕事が見事、成功したとき、人ははじめてその「違い」を「才能」という言葉に変換する。
このことは、将棋の駒が敵陣に入って「なる」のと似ている。
歩がひっくり返されて金に「なる」。
これは「努力の結果、才能が開花する」というイメージとはちょっと違う。
「才能」は、なにかを成し遂げたとき、そこに否応なくあらわれてしまうカラーみたいなものだ。

この「小さな差」を「才能」に変換する情熱や動機も、
「才能」の一部なのだろう。
それがあの「わがままに、傲慢に」ということなのだ。
確かに、敵陣にどんどんつっこんでいくその勇気というのは、
どこか異様で、端から見たら「オカシイ」「イタイ」。
普通なら、歩なのに敵陣につっこんでいって金になるなんて、
とてもじゃないが、怖くてできない。

先日、朝日カルチャーセンターさんでレクチャーをやった時、こんなお手紙を頂いた。

「以前、もっと私が若い頃は、
『○○座とは合うけど、△△座とは合わなくて苦手。』という気もちがありました。
今は、星座のちがいではなく、どの星座であれ『その中でどれだけ自分を成熟させてきた人なのか』というところに目が行くようになりました。
成熟している人はだれとでも気もちのよいキョリで付きあっているように見えるからです。そして（私も含めて）成熟がこれから…………という人に対しては、各自が自分のペースで成熟してゆくことを信頼するきもちが少しずつ生まれてきました。」

これを読んで、私はとてもとてもとてもとても！　嬉しかった。

このことも「才能」とつながるところがあるような気がする。
だれでも他者とは違っている。
その「違い」を成熟させていったとき、才能になる。
どこにでもあるものが、どこにもないものになる。

私は、才能ってそんなようなものじゃないかと思っている。

# いないいないばあ

「いないいないばあ」
は、赤ん坊とのあそび。

「いないいない」
と顔を隠すと、赤ん坊は
「目の前にいた人がほんとにいなくなったんだ」
と思って、泣いてしまう。

そこで、「ばあ」と顔を隠していた手をひらくと
「いなくなった人が戻ってきた！」
と思って、赤ん坊は、よろこぶ。

赤ん坊は、だんだん、それが「あそび」だとわかってくる。
いないいない…と、隠されても、
その人が本当にいなくなったわけではないのがわかる。
そこで、赤ん坊はこの遊びを気に入る。
最初は不安だったのだ。でも、もう不安じゃない。
楽しい遊び。きゃっきゃっと喜ぶ。
自分でもやってみて、さらにたしかめる。

その存在のたしかさを。

大人になってもこんなプロセスって繰り返されているのかもしれない。
見えなくなったからってなくなったわけではない、そこにないように思えてもちゃんとあったりする、それは経験則だ。

Cranberry
Candy

生まれたばかりの赤ん坊の視界には遠近感はない。
脳にそれができあがるのは、経験則による。

「いないいない」とやられたときに、それが本当になくなったのだ、
と思いこんだままでは、多分、泣いてばかりいなければならない。
あるいは、「いなくなっても大丈夫」な心を作るしかない。

「いないいないばあ」を何度も繰り返すうち、
何度も取り残されて悲しい気分になって泣きわめくうち、
何度もまた現れてくれた誰かの顔を見てほっとするうち、
赤ん坊はそれが遊びだということをおぼえる。
本当じゃないということをおぼえる。
何度も繰り返して、私たちはそうやって、遠近感のような、五感への刺激のみではない「認識」を作り上げていくのだ。

なにか大切なものが、目に見えない、手で触れられない状態になっているとき、その向こうに、それがあるのかないのか。
あると思おうが、ないと思おうが、事実は変わらないのだとしたら、見えない状態において、果たしてどちらに賭けるか。

この賭けは
「当たる方に賭けよう」
と思っているうちは、絶対にどちらにもベットできない。
そして、外すかもしれないリスクを負ってベットしなければ
「ばあ」
の瞬間の向こう側を、見ることはできないのだ。

そこにそれがあろうとなかろうと。

# 鼻

こどもは口で息をしていて､鼻で息をすることは後天的に覚えるのだそうだ。だが、私はその習得を軽んじてスキップしたらしく、いまだに鼻で息をするのがヘタなのだ。
気が付くと、夏の犬みたいに
はっはっはっはっはっはっはっはっはっはっはっはっ
と、口で息をしている。
だから、口が開いている。
その状態でテレビや映画を見ていると、ほんとう！！！ に、バカを絵に描いたようになる。

だが、食事の時は「鼻で息をした方が便利だし、味も美味しく感じられる」ということが最近、わかってきた。

数年前､「黒酢ラーメン」を食べたときのこと。
ラーメンを食べるときのお約束として、食事を中断して鼻をかんだらとつぜん、ラーメンの味が劇的に変わった。
そのとき、鼻呼吸の意義に気が付いた。

鼻で息をすると料理もコーヒーもウマイ
ということをまだご存じでないかたがいらっしゃったら､是非お試し下さい。

………………そんなひと、いないよね。

## 伝えたいこと

先日、Rさんという女性にお目にかかった。
Rさんは、数年前に、お子さんを亡くされていた。
お子さんは、とても若くして亡くなったのだ。

Rさんは輝くように明るい方で、草原をわたる風のような印象の人である。
声に丸みを帯びた甘みと、チョコレートのようなこつこつする硬さがあって、
口調はくっきりとストレートで、澄んでいる。
だが、お子さんのことを話されるとき、突然その声が、涙であふれた。

否、Rさんは泣いてはいなかった。
涙ぐんでもいないし、声も震えてはいない。表情にも大きな変化は全然見て
取れないし、声の大きさやしゃべり方が変わったわけでもない。
ただ、まったく自然に、その声だけが、
スポンジのように涙をたっぷり含んだのだ。
そんな不思議な声を聴くのは、初めてだった。
声に含まれた水分が私の中にもじわりじわりと沁みこんできて、
私は、胸がいっぱいになり、何も言えなくなった。

Rさんは、お話の中で
「何年かしたら、家族以外はみんな、あの子のことを忘れてしまうだろう」
という意味のことを言った。

私には、若くして死んだ友人がいる。
私はしつこくいつまでもそのことを覚えていて、
今も、たまに日記にそいつの話を書いたりする。
彼は、忘れようったって忘れることのできないほど

私にとっては「重要人物」で、
まさにいまも私の毎日の中にその影響が「生きて」いる。

お話を伺って、思いついたことがある。
私がその亡友を忘れないでいることは、彼のご家族にとっては、もしかして、嬉しいことなのかもしれない、ということだ。

私は、この思いつきを、Rさんに話してみた。
そしたらメールで、こんなお言葉をいただいた。

「残された家族の立場としては、何年もたってからでも思い出してくださる方がある、ということは、本当に涙が出るほど嬉しいことです。この世の中でまだ何ほどのこともしないうちに、あっという間にいなくなってしまったと思っていた子どもが、どなたかの内に残っている、なんて。考えるだけでも、この先やっていく力になります。いなくなった者が生き続けられる道は、たったひとつ、生きている人の心の内に残ることしかありませんものね。」

ずしっと、おなかに響いた。

かつて、亡友の親御さんにお会いしたいと思ったことなど、一度もなかった。
だが、このRさんについての日記を読んだ知人から、メッセージが届いた。

「もし、ゆかりさん、お友達のご家族にお話できる機会が
　あればいいなぁと勝手ながら思ってしまいました。
　それは、涙が出るほど嬉しいことだから。」

「伝えたいこと」は、ただ自然に自分のなかから出てくるようなもの、では、ないらしい。
多分、相手の気持ちを想像できなければ、それがどんなに、相手にとって嬉

しいことだったとしても、「伝えたい」とは思えないのだ。
「伝えたい」は、二つの要素で出来ている。
ひとつは、「言いたい」ということ。
もうひとつは、「聞かせたい」ということ。
前者は自分の中から出てくる表現欲求だ。
後者は「これを聞かせたら、相手が喜ぶだろう」という想像に基づいている。
そして、そこには「相手を喜ばせたい」という衝動が働いている。
喜ばせる、誰かの心を動かす。
それは、相手のためじゃない。
人間は、人間同士のつながりのなかで生きている。
「生きる」ことは、人とのつながりの中でいかに自分を力在るものとするか、によって守られる。
すなわち、自分が相手に対して、相手が喜ぶような力を行使することで
私は私の存在意義を強化しようとするわけだ。
これは、完全に利己的な行為だ。

Rさんに私の亡友のことと、彼の親御さんに会ってみたいと少し、思う、という話をしたら、Rさんもやっぱり
「お友達のご家族に、そのことをお伝えになったらいいとおもいます」
と言った。

どんな形でかはわからないが、たぶん、いつか、そういう機会があるのかもしれない、と、なんとなく思った。
それは今の私にはまだ傲慢すぎるように思えて、できないのだけれど。

## 憎しみ

うらみ、のろい、にくしみ。
そういう思いをずっと心に握り締めて生きている人もいる。
大切なものを奪われたり、誇りを傷つけられたり、信頼を裏切られたりしたとき、人は人を恨んだり憎んだり呪ったりする。

私自身はあまり、そういう気持ちは感じたことがない。
運良くそういう出来事に出会わなかったから、かもしれない。
とはいえ、私も私なりに一応この歳になるまで生きてきて、理不尽な仕打ちを受けたことはある。
奪われたり、裏切られたり、嘲笑されたり、怪我をさせられたこともある。
切り捨てられたこともあるし、無視されたこともある。
誤解されたり、中傷されたり、罵声を浴びせられたりすることもある。
誰でも多少は、そういう思いを経験するものだと思う。
そういうときは、私も、強い怒りや悔しさ、悲しみを感じてきた。
羞恥や惨めさも感じたし、無力感でしばらく立ち上がれなかったこともある。

でも、誰かを恨んだり呪ったり、ということは、なかったと思う。
今、心の中にそれを探してみたところ、「キライ」とか「哀れだな」とか「悲しい」とか「頭に来る」とかはあるんだけど、「うらみ」や「にくしみ」はどうも、見つからない。

怨みや呪い、憎しみは、そのおおもとをたどると、強い愛着とか、信頼とか、絆とかに行き着く気がする。
深く愛したものを奪われるから呪うのだろうし、信頼したのにそれを裏切られたから、憎いのだろう。
その人にとって輝いていた一番の「よいもの」が、奪われ、踏みにじられて、

怨みや憎しみに変わる。
恨んだり呪ったり憎んだりする人は、それが始まる前は、強くなにかに期待したり信頼をかけたり、思いを注ぎ込んだりした人たちなのだろう。
自分以外のものを、まるで自分自身のように感じていた人たち、なのだろう。

私が怨みや憎しみを感じたことがないのは、自分以外のものを自分自身のように感じたことがないからなのかもしれない。
憎しみや怨み、呪いは、「ある」ということから「ない」ということへの移行がうまくいかないときに生まれる気がする。
恨んでいる人や呪っている人の心の中では
「事件」
はまだ終わっていなくて、大切に思ったものは「ある」状態になっている。
まだ、なくなっていない。いつまでも「ある」。
憎まれる方にとってはたいがい、それは「ない」ことになっているので、お互いの認識はいつまでも平行線をたどる。

絶望するということは、あきらめてしまうということに似ている。
「もう『ない』のだ」と認めることが、絶望するということだ。
憎しみや呪いは、絶望していない。
まだ「ある」のだ。だから望みが絶たれない。
でももう「ない」ということは、アタマでは解っているのだ。
だから、本来「望み」であったものが、別のものに反転してしまう。
膨大な質量のようなプラスが、ブラックホールのような、全てを吸い込むマイナスに転換する。
これが、怨みや呪い、憎しみなのだろう。

大切な子供や愛する人を奪われた人は、奪った人間を憎んだり呪ったりする。
それは自然なことだと思う。
大切で、自分自身のように感じられるものは、まるで幻肢のように、その人にとってはいつまでもなくならない。

いつまでも「ある」はずのものがなぜか「ない」など、受け入れられない。
それを理不尽に奪われたことが、受け止められない。
あきらめられない。望みが絶たれない。
だから呪いや憎しみや怨みが心にずっと残る。こびりついてとれない。

あきらめるってどういうことなんだろう、と思う。
すっぱりと望みを失うことのほうが一見、潔く思えるけれど、それが「ないのだ」ということを受け入れず、加害者に向かって望みの反転をぶつけ続けるその「呪い」とは、果たして、どう考えればいいのだろう。
そこまでのことができるということは、裏を返せば、それだけ、愛する能力や信じる能力が大きく強い、ということかもしれない。
そこまで愛せる強い「力」があるということなのかもしれない。
シェイクスピアの『オセロー』は、強く愛着する心が、強く憎み恨む心に、物語の中で文字通り「反転」する物語だ。
オセローにそのようにし向ける、一見クールな悪人は、この反転の根源にあるたったひとつの力が自分の中にもあることを恐れ、自分の中の隠された愛に怯え、オセローがその裏面を体現するのを嘲笑することによって、自分から自分を守ろうとしたのかもしれない。
最も強い憎しみ、即ち最も強い「愛着する力」は、この真の犯罪者の中に潜んでいるのではないか、と私は感じる。
対象の方に自分を投げだし、自分と同化させてしまう力。

呪いや憎しみを抱く人は、それだけ、何かを大切に思う力のある人達なのだ。
これは、誰かを傷つけて憎まれる人がしばしば、大切に扱われた経験を持たないのと、切り裂くような対照をなしている。

私は、呪うなとか憎むなとか言えるほどには、そのことがよく解っていない。
呪う人は呪うし、憎む人は憎む。
もちろんそれを犯罪的行動に移してしまうことは断じて良くない。
ただ私は、その呪いや憎しみを心に抱えたまま、自分の憎しみや呪いに耐えながら、その炎で自分を焼きながら生きている人々の存在を思ったのだ。

私は、怨みや呪いを抱くこと自体について、良いことか悪いことか判らないし、それを決めたいとも思わない。
ただ、ひとつ言えることは、呪いや憎しみ、怨みを背負ってしまった人は、苦しそうに見える。
悲しそうに、辛そうに見える。
立ち止まっていて、そこから動く方法がわからず、それを見つけたいとも思わないまま、じりじり自分を焼くしかないその苦しさは、想像を絶する。
それを思うと、私は、強い悲しみを感じる。

この日記に、幾人かの方からコメントを頂いて、気づいたことがあった。
怨みや憎しみを背負ったとき、そこから「動こう」とする人も、いるんだ、ということだ。

もしかしたら、怨みや憎しみを背負った人は、無意識にでも、そこから抜け出す道を見い出そうとしているのかもしれない。
怨みや憎しみを抱えることによって、その喪失や傷からの脱出口を探しはじめているのかもしれない。

品格

2007年は「品格」という言葉が流行った。
書店に行くと『〇〇の品格』というタイトルの本がたくさん置いてある。
この「品格」とは一体なんだろう、と考えてしまう。

太宰治の小説『斜陽』のなかで
華族出身の母親についての記述で、こういうのがあった。

…お母さまは、つとお立ちになって、あずまやの傍（そば）の萩（はぎ）のしげみの奥へおはいりになり、それから、萩の白い花のあいだから、もっとあざやかに白いお顔をお出しになって、少し笑って、
「かず子や、お母さまがいま何をなさっているか、あててごらん」
　とおっしゃった。
「お花を折っていらっしゃる」
　と申し上げたら、小さい声を挙げてお笑いになり、
「おしっこよ」
　とおっしゃった。
　ちっともしゃがんでいらっしゃらないのには驚いたが、けれども、私などにはとても真似られない、しんから可愛らしい感じがあった。

（http://www.aozora.gr.jp/cards/000035/card1565.html より）

（N様感謝！）

京女　立って垂れるが　たまにきず
という川柳があったそうだが、昔は女性も立ち小便をしたのだ。

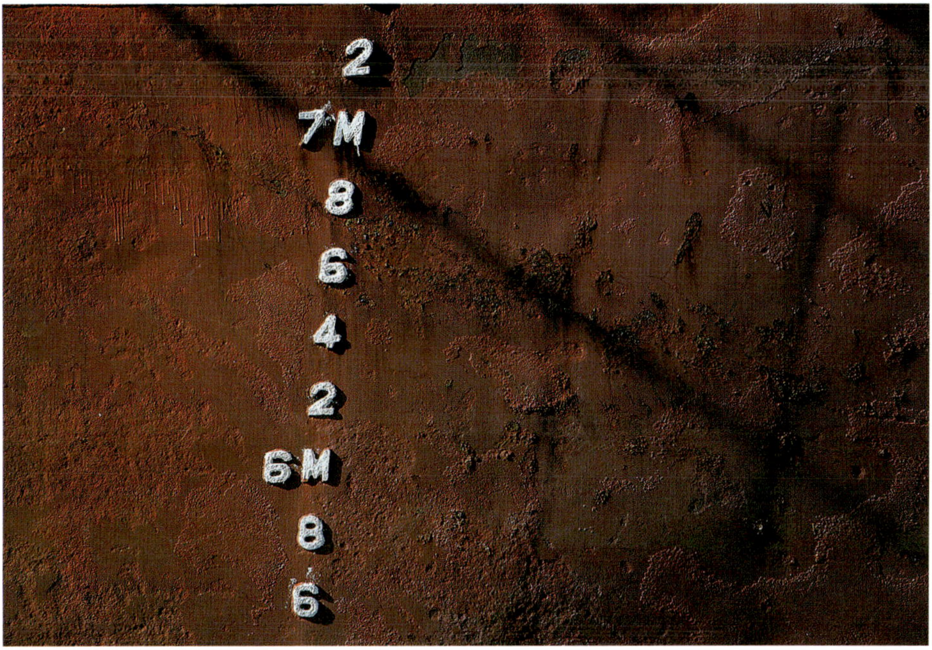
2
7M
8
6
4
2
6M
8
6

「品」とか「格」とかいうとき、私はどうも、この話を思い出してしまう。

格差社会の「格」と、品格の「格」は、格付けの「格」で、同じだ。
品格を持ちたいと望む、ということは、
他人と差をつけることを望むということだ。

「格」を辞書で調べると、以下のように出てくる。

1 地位。身分。また、等級。「格が上がる」「格が違う」「グループのリーダー格」
2 物事の仕方。流儀。
3 決まり。規則。法則。

（大辞泉）

誰かに流儀や決まりを決めてもらってそれさえやっていれば、格差社会の中で「格上」になれるんだとしたら、これは、素敵だ。

…と、ほんとに「品のある人」が、そんなこと考えるだろうか。疑問だ。

品格という言葉は、だれかがある人について「あの人は品格が違う」と評する時に使う。
つまり、ハタから見た時その人がどう見えるか、という、他者からの評価に使われるのだ。
それも、多くの場合、その人よりも品格が劣る人によって使用される。
面と向かって「貴方は品格がある」などというのは、褒め言葉でもなんでもない、全く品のない、失礼なことだ。
品があるかないかを評するというのは即ち、文字どおり「しなさだめ」の一種だからだ。
まったく自分の価値観に基づいて自然に生きているとき、だれかがその人を知らないところでこっそり「格付け」する、それが「品格」だ。

品格とは外から見えるものであって、品格を決める価値観は、見る側にある。
そして、その品格の持ち主は、品格を評する人よりも高い価値観を主観の軸にどっしりと据えていなければならないのだ。
あるマナーや気遣いある行為を行えばそれで品格がある、ということはない。
その人が行うからこそ、どんな行為にもどうしようもなく品格が醸し出される、のである。
「その人が行うからこそ」
というこの「内容」がなければ、品格など生み出しようもない。
たとえ立ち小便であってさえ、「その人」が行うならば、品があるのだ。
こういう振る舞いをすれば品格が上がる、などというのは、凡俗の発想だ。

「格差社会」という恐怖が煽られる昨今において、裏と表の差はあれど
『女性の品格』
という本のタイトルの構造は
『バカの壁』
とおなじだ、と思えて仕方がない。

つまるところは、脅しだ。

## エール

夜明けの前が、一番暗い。

空の彼方で頑張っている人に、がんばれー、と小さく言う。
追い打ちをかけるんじゃなくて、もう少しだけ持ちこたえられるように。
もう少し経ったらその人はそれを自力で乗り越えて、苦労したことなんかスッキリ忘れてしまうほどさっぱりするだろう。少なくとも多少は。

そこまでのあいだ、もう少しだよがんばれ、と小さい声で言う。
どうせ聞こえやしないんだから大きな声で言うこともない。
そこでハートも身体もギリギリのところまで追いつめながらがんばっているのを、私が痛いほど知っている、そういう意味で、がんばれー、と言う。

ただそれだけ、なんだけど。

人間のしゃべることなんかどんなに目の前に人がいようが
ほとんど全部ヒトリゴトなのだ。
相手がしゃべってることを受け取ってるかどうか、
相手に自分の言葉が伝わってるかどうか、そんなのは確かめようがない。
「痛いほど知っている」なんて、ほんとうは、ウソなのだ。
ほんとうは、何も知らない。
ただ想像しているだけで。

だったらもう徹底的にひとりごとでいいのだ。

苦労して踏ん張ってる姿を想像する、それは単なる想像で、見えてはいない。
でも、見えないものでも一生懸命、目をこらしたら、

何か不思議なことが起こって、届けたいものをそこまで届ける方法が、
もしかしたら、見つかるかもしれない。

ビール飲んで出る元気、そういうのがエールに託す感触。

## あまくない

フランスで、同性愛者の養子縁組を認めるかどうかの議論がある、
というニュースを読んだ。
以下、それを読んで、心に湧いたこと。

問題なのは同性かどうかじゃなく、愛してるかどうかだ。
愛を、軽んじすぎだ。
愛はもっと大変で苦しくて努力も苦労も要って、
とにかく自分との闘いなんだ。
同性愛以前にすでに離婚がこれだけ多いのは、愛のあり方が問題なんだ。

同性か異性かなんか些末な問題だ。
私の現場ではいつも愛が問題で、それが愛じゃない場合が多すぎるんだ。

愛じゃなかったり
愛せてなかったり
愛を踏みにじってたり
愛がなかったり。

同性か異性か、血が繋がってるか否か、不倫か婚姻か、内縁か本妻か。
そんなことはどうでもいいとは言わない、
しかしそれ以前の問題が全く手つかずなんだ。
愛せてるかどうかなんだ。
それさえちゃんとしてれば、同性愛の結婚で養子だろうがなんだろうが、なんの問題もないはずだ。

愛は人に自己充足感を与える。生きていくことの土台を支える。

それは、自分がこの世にいてもイイのだという、
人権の大前提をその人に知らせる。
だから愛することに意味がある。愛する人も自分が満たされる。
子供が愛されなければならないのは、
自分の自尊心と充足感と安定感を育てるためだ。
自分が生きていてもイイのだと信じられるようにするためだ。
愛されたと感じないで育った子供は、
後天的にそれを必死になって自分の身体の中に育てなきゃいけなくなる。

愛っていったときみんなだいたい、若い子は特に、
なにかしてもらうことばっかり考えてるし、
自分のことばっかり考えてるし、
未来の不安ばかり打ち消そうとしてるし、
自分の手応えをだれかの好意だけで支えようと思っている。

それを自分の方に引き寄せて、
相手の身になったり、相手の可能性を考えたり、相手の力になったり、
今現在を自分で主体的に生きたりすることができるようになるのに、
死ぬほど激しい苦しさと犠牲と傷を必要とするんだ。

この激変に失敗して文字通り死ぬ人もいる。
変化を引き受けずに、いつまでも依存の中で苦しみ続ける人もいる。
愛することをどうしても選べずに傷を負い、
そのあと、長い時間をかけて自分を許すことができる人もいれば
自分の傷を「見ないふり」する人もいる。

「変化が訪れる」とわたしは占いに書くけど、
そこで訪れる「変化」は、しばしばそれほどに苦しい。
だから、それを無意識に選び取る人と選び取らない人とに分かれる。

よく「運命は決まっているんですか」と聞かれる。
そのとき、私は占いやオカルトチックな論理を根拠にではなく、
個人占いを受け続けたこの6年の満身創痍な肌感覚だけを根拠に、常に言う。
その変化が訪れたとき、それを引き受けるか引き受けないかを、人はいつも選んでいるのだ、と。
運命は決まってない。
見るべきものを見るかどうかで、そこで引き受けるかそうでないかで、
道が分かれるんだ、と。

逃げる人もいるし、踏みとどまる人もいる。
踏みとどまった人だけが、傷つき、苦しみ、泣いてわめいてそのあと
やっと人を愛せるし、結果、人に愛されるようになる。

私だって断然逃げてきた。
逃げる感覚と踏みとどまる感覚の違いをからだで知っている。
前者はラクだ。後者は死ぬほどコワイ。

形によって愛が育つことはない。
愛は育てるもんであって、能動的にやるもんであって
自然に生まれたり「恵まれ」たりするんじゃないんだ。

あえて言うが、
ハンコつくかとか寝たかどうかとか、そんな些末な枝葉のこと（愛の本質という問題からいけば実に些末だ）にしか関心がむかない状態では、どんな問題も（問題が起こってるとすればだが)、解決できるわけなんかないんだ。
多くの場合、ハンコついたかとか寝たかどうかで悩んでいる人は、
本当に悩まなきゃいけないことからは、目を背けている。

だから私が、この占いという商売で食べていけちゃうんだが。

## 感情

夢見たようには、うまくいかない。

でも、
「ただただだいっぱいあってもどうしようもない」
ということも、少し解ってきた。

お金なら「そんないっぱい要らない」とおもえるのに、ほかのことではそうならないのはどうしてなんだろう。
お金なら
「1ヶ月15万あれば大丈夫」とメドがあるのに 、たとえば人の気持ちや自分への肯定などは
「もっとたくさんあればあるほどいい。いつなくなるかわからないし、今あると思っていても実は、もうないのかもしれない」
などと思ってしまうのは、どうも不思議だ。
私は、「さびしがりや」じゃなくて、むしろ、一人でいるほうが好きなのに。

曇った空でも、その向こう側はいつも青空で変わらない。

「ちゃぷちゃぷする感情と、こつこつ切り刻む思考や意志のほかにもうひとつ、なにかしっかりしたスライムみたいなものが、お腹の底にある」
というのが最近の私の仮説なのだが、それはある感触を伴っている。
そのスライムは曖昧だけれどどうやらハート形をしていて、乾かないように強化ビニールに入っていて、つやつやして鼓動していて、どうも、生きてるみたいなのだ。

停止

「それを理解したいとは思わないし、理解したくもない。
　当たり前のことすぎてあえて言うのもおかしいが、
　親が子を捨てる状況は間違っている。」

ある、新聞記者の言葉。
この筆者は子供を持つ父親だ。
「理解したいとは思わないし、理解したくもない」
という表現は、原文のままだ。
これは、文章表現として不自然で、間違いに近い。
おそらく「理解できないし、理解したいとも思わない」と書くほうが自然だ。

理解したいとは思わないし、理解したくもない。
そう言った瞬間に、この問題を解決に向かわせるための糸口が断たれる。

どんな問題でもそうだと思う。
「理解できないし、理解したいとも思わない」
と背を向けられた瞬間、彼女は、彼は、犯罪者になるしかなくなってしまう。
他の選択肢が「理解したくもない」といった人々によってどんどん断たれる。
これは、彼らに共感して彼らを受け入れろ、という意味じゃない。
子供を捨てることを許せ、という意味じゃない。
「許せない」という感情の叫びに身を委ね、目を閉じ、その問題に向き合うこと、即ち「理解しようとすること」から、全速力で遁走している自分の弱さを、痛いほど感覚せよ、と私は言いたいのだ。
もし本当にその問題が「許せない」のであれば、絶対に許すべきではない。
「許さない」人は、その罪を追求するはずだ。
「理解できない」として目を背けることと、「許す」と言って放置することは、

やっていることは本質的には、まったく同じだ。

「ほんとうに」この筆者がこのような事件を憎み、許さず、「ほんとうに」この筆者が親が子供を捨てるという出来事を無くしたいのであれば、この出来事から目を背けるわけにはいかないはずだ。
この事件の本質を、もっと深く「理解しよう」としなければならない。
当事者のありかたに注目しなければならない。
嫌悪感や感情の痛みに負けて、その出来事から目を背けてはならない。
ほんとうに無くしたいのであれば、
見なければならない。

醜悪な事件が起こった時、本当の意味でそれを「許せない」と思う人は、その醜悪さに向き合おうとする。
頭ごなしに否定しながらでは、「醜悪」はその構造を語らない。
だから、心の中心に確固たる「ＮＯ」を置いた状態で、その醜悪のナカミを「理解」すべく、近寄って想像し、どうすればそれが根底から解決できるのかを考える。
これがほんとの「許さない」態度だ。
「理解」とは「イエスと言うこと」ではない。
この「理解」という言葉は、日本ではしばしば「同意」「肯定」「イエス」の意味で使われるようだが、本来この言葉は単に「わかる」ということを意味するに過ぎない。「わからない」が同意でも否定でもないのと同じように、「わかる」も、同意でも否定でもない。
「理解する」というのは、あくまで「内容や仕組みがわかる」ということだ。
問題を「理解」しない状態でその問題を無くすことは不可能だ。
問題は解かれなければならない。
問題を消しゴムで消すみたいに強制終了できるなら、
そもそもその問題は問題にはならない。

どんな問題でもそうだ。

人間関係でも恋愛でも
「良いか悪いか」「どんな罰を下すか」「理解不能」
と断じた瞬間、その問題は永久に無くならないし、解けない。

「理解できない」と宣言することは、「許さない」ことを辞めることなのだ。
つまり、許してるのだ。
私はそう思う。

# 轍

ある方から頂いたメールを、ずっと何回も繰り返し、読んでいたことがある。

ほめてもらっているとか、そういうことではない。
むしろ、弱点を見抜かれている内容だった。
最初にそこを突かれたときは、本当に驚いた。
どうしてこんなことが解るんだろう、会ったこともないのに、と思った。

実は、私もときどきそういうふうに言われることがある。
悩みを相談されて、「それはこういう経緯で、こういうお気持ちなんですね」とお返事すると、「会ったこともないのにどうしてわかるんですか」と言われるのだ。
占いしてるんだからアタリマエといえばアタリマエなんだけど、そういうときはほとんど、占いでものを言ってるのではない。
むしろ、自分の考えを話していることが多い。

私が見知らぬ方からメールで受けた相談について
「会ったこともないのに解る」場合、それは私が賢いからではない。
それは「通ってきた轍《わだち》」だというだけのことなのだ。
その道を、私もかつて、通ったことがあるのだ。
だから、解る。
あ、貴方もあの道を歩いているのね、と。

歩き方は違っても、たどり着く先は違っても、同じ道を通るときがある。
偶然、同じ交差点を、時差をもってすれちがう。
「その交差点は私も知ってるよ」という具合に
「会ったこともないのに、解る」という状態になるのだろう。

冒頭の「痛いところを突いた」メールを私に下さった方は、すばらしい頭脳を持った方だった。
その慧眼が、私の根幹をすらりと見抜いただけだった。
その方は、はるか遠い場所にいて、とても広い世界に生きている。
でも、その方も、「轍」かもしれない、と言ってくださった。
頂いたメールは何回読んでも、いつも自分の手元にある言葉のように思える。
それでいて、自分よりもずっと高いところから下りてきたような気もする。
手で自在に、生まれる前から解っていたことにみたいにさわれるもの。
同時に、どうしても絶対的に手でさわれないところからきているもの。

受け取るメールの中に、しばしばそういう言葉を見つける。
何よりも返信したいその言葉に、なかなか返信する言葉がおもいつかないのは、どういうわけなんだろう。

# 朝

思えばどんなときでも、ちゃんと朝が来た。

絶対変わらないだろうなと思えたことも、どんどん変わってきた。

ここからどこに行くべきなんだろう、と思うとき
「行くべき道がどこかにあって、今からそれを探し当てるのだ」
と思うと気がラクだけれど
「全く何も決まっていない混沌の中で、自分の道を自分で勝手に造るのだ」
と思うと、文字通り「途方に暮れる」気分になる。

でもほんとは前の方を探してもダメなのだ。
探し当てなきゃいけないのは「道」じゃなくて、「道を造る理由」のほうで、
それは「今ここ」に、手元に、すぐ目の前にある。
問題集のうしろに正解がついてるみたいにはいかない。

どこかが痛いときは「痛みが早く消えてなくなればいい」と思う。
でもその一方で、忘れたくない、忘れたら困る痛みというのもある。
そういう痛みこそが、次どうすればいいかを教えてくれる。
頬をつねって、夢じゃない、って痛みで確かめるみたいに。

EXTRA
TIPHOOK
TIPHOOK
GENSTAR

差別

事故のニュースや、災害のニュースをテレビで見る。
自分の住所から遠く離れた場所の事件でも、ひたひたと怖さが迫ってくる。
洪水や大地震、電車がマンションにつっこむなど、いつ自分がその「当事者」になるかわからない。
画面の中で被災して途方に暮れている人の姿が自分のものでないのは、単なる、全くの偶然に過ぎない。

日々の生活の感覚から逸脱するような事件とか喪失が起こったとき、「日常」が「非日常」に変わる。
「あたりまえ」だったものが突然失われるような場合が「非日常」だ。
大事な人が死ぬとか、事故や病気にあったり、仕事や住処がなくなるとか、誰でも多かれ少なかれ、そんな「非日常」の体験があると思う。

そんな非日常がきたらどうしよう、と怖くなるとき、
かつて自分に非日常的なことが起こったときのことを思い出す。
思えばそういうとき、私は、頭と身体が一体になったような、動物になったような、妙に冷静な、落ち着いた自分を感じていた。
たぶん、感情がストップして、思考だけになってしまうんだろうと思う。
「どう行動するか」に意識が集中し、頭がクリアーに冴えた状態だった。
呆然とする一方で、動物としての意識が覚醒している、という感じだった。
だから、眠れなくなったりはあまりしなかった（鈍感とも言う）。
あの感覚を思い出すと、少しだけ安心する。
非日常に遭遇しても、それを受け止める力が自分にもある、と思えるからだ。

以下は、ある老僧から聞いた話。
知り合いのお寺のご住職の奥さんが、ある日お墓の掃除をしていたら、檀家

の方がお墓参りに来た。
40代くらいのご夫婦で、代々のお墓がこのお寺にある、長いおつきあいのある檀家さんだった。
見れば、奥さんは車いすを押しており、旦那さんはその車いすに乗っている。旦那さんは癌をわずらって、あと数ヶ月の命しかなく、本人の希望で最後にお墓参りをしたいといって、それで、２人でお参りに来たのだった。
これが最後の墓参りになると思います、近く私もここへ入ってお世話になると思います、どうぞよろしくお願いします、と、旦那さんは頭を下げた。
お寺の奥さんは「怖くなって、なんと言っていいかわからなくなった」のだそうだ。

それで、この奥さんは、知り合いである老僧に、
「そのとき、なんと言ったらよかったんでしょうか」と質問した。

誰かに起こった不幸について、触れがたい、と感じるのは「差別」だ、
とその老僧は言った。
不幸な人を見たとき、それを怖いと感じたり、目をそらして離れたくなるのは、憐れみの情ではなくて、差別なのだと。
人は「自分には理解できない」と思ったその相手を恐れるのだ。
不可解なものや異質なものを、人は恐れたり、憎んだりする。
そして、自分の住む世界から排除しようとする。
「怖い」という気持ちと差別する気持ちとは、表裏一体なのだ。
自分では「そっとしておいている謙譲な思いやり」のつもりが、実は、連続性を断絶している。

死に行くその人も、貴方も、同じ人間なんです、と老僧は言った。
たとえば、もし家族が「あと数ヶ月の命です」といわれたとしても、その家族を「怖い」なんて思わないはずです。家族は、強い連続性で結ばれているので、あと何ヶ月の命だろうが、どんなに病み衰えて姿が変わろうが、その人がその人だということは変わらないのです。

でも、それが他人だとなった瞬間、「自分と同じ人間だ」「昨日と変わらない今日のその人だ」という連続感は簡単に失われます。
だから「怖い」という気持ちが湧くんです、と、その老僧は言った。

自分が何もかも失って苦しいとき、
その苦しみを無視されるのと、
その苦しみを理解できない人がそばにいて、それでも理解したいとやきもきしながら見当違いのことを言い続けられるのとでは、
一体どっちがうれしいだろう。
わからない。

私も、誰でも、数秒後には半身不随になったり死んだりするかもしれない。
一瞬で大事なものを失うかもしれない。
明日をも知れないのは、みんないっしょなのだ。
どんなに自分を守っても、内側から破壊されることもある。

だったらきっと、不幸な人が「不幸な人」としてではなく
自分と変わらない、いろいろな思いを抱えた一人の人間としてだけ、
見えるはずだとおもうのだ。

## 距離

「距離」には、何種類かある。
物理的距離、時間的距離、環境的・関係的距離、etc.
こういう「距離」が、自分の望みを妨げていると言って嘆く人がいる。
これらの距離が原因でうまくいかない、と断定する人がいる。

でも、距離は単に、距離に過ぎない。
距離が離れようが近づこうが、障害が増えようが減ろうが、「そこにある気持ちがどうあるか」「そこにどんな出来事が起こるか」は、距離や障害とは、まったく関係ないことだ。

自分以外のものが様々に変化することを人は恐れるけれど、自分の気持ちが変化するかもしれないとは思わない。
でも、自分の気持ちも他人のそれと同じように、やはり、変化するのだ。

そう思ったとき、距離にも時間にも耐える何かを、自分の中に探す。
それが見つかったとき、どんな距離も障害も、自分になんの傷を与えることもできなかったのだということを知って、うれしくなる。

「意志」は自分で創り出せるもの、「心と感情」はコントロール不能。
なんとなくそんなイメージがある。
でも、前者と後者は本当は深い場所でちゃんとつながっている。
地下茎を通して養分や水を行き来させている。
自分の中にしっかりと根を張るそんなものを見いだしたとき、
風の日も雨の日も、辛いことがあったときも一人でちゃんとここに座って、
自分の性質と仕事にしたがって行動する、というその最善の方針を、
守り続けることができるような気がする。

変えないこととしがみつくことは違う。
手をひらいた状態で自分の中心に軸を保つとき、
距離はいつも相対的で、自分に何をすることもできないのだ、と思える。

## 虹

少しへこたれた日記を書いたら、ある人が私を心配して、
虹の写真を送ってくれた。
飛行機の中から撮られているので「上から見ている」格好になる。
雲の中に、マルの形をした虹が見える。
円虹だ。
これを発見した時はさぞかしどきどきしただろうな…と、
その興奮が伝わってくる、ような気がした。

私もかつて、肉眼で円の虹をみたことがある。それは海辺だった。
20代終わり頃の誕生日に、海が見たくて一人で海岸に出かけた。
桟橋の端っこまで行って、テトラポッドの上に座って、ふと、真上を見上げると、天使の輪みたいなまるい虹が見えた。
不安定な足場の上でなんとか姿勢を斜めにささえ、ずっとその虹を見ていた。

すると、一人のおじいさんが近づいてきて「なにしてるのか」と聞いてきた。
そして、なんだか優しいような叱るような調子で妙な話をはじめた。
ナカミは良く覚えていないのだが、どうやら、私が自殺しようとしているように見えたらしい。止められた。

一人、海を見に来ただけだったのだが……

そのあとそのおじいさんにナンパされて食事をごちそうになった。

彼は、半年前に妻に先立たれて、寂しかったのだった。
食事をした近所の食堂のおばさんに、
「おじいちゃんに付き合ってくださってありがとうね」

と、こっそり小声で感謝された。
おじいさんの寂しさを、みんな心配していたのだった。

そんなことを思い出しながら、朝、散歩した。
雨上がりの朝で、日光が時折、射るように輝く。
虹の添付メールに同じ虹添付で返信できないかなあ、と、空をキョロキョロ見回しながら、そのせいでちょっとけつまずいたりしながら、歩いた。

だけど、探したって見えないのだ。
虹は探しても、探したところにはあらわれない。
虹のことなんか忘れてしまった頃に、ふと、見える。

虹を探して、虹が見あたらないと、
「そうだよな、そう簡単に見つからないよな」と、ガッカリする。
で、もう二度と虹なんか見られないんじゃないかという気がする。
だが、過去に何度か、たしかに虹を見ているのだ。
冷静に考えれば、この先何年生きるかわからないけど、だれだって、明日死んじゃうかもしれないわけだけど、それでも、たぶん生きているあいだに、いつか虹をまた見る確率が高い。
「この先１度も見られない確率」と、「この先何度か見る確率」とでは、後者の方が高い、はずだ。

待っていても虹は見えないけど、いつか、相当の確率の高さで、それを見る。
約束されてはいないけど、もう二度と見られない可能性だってそんなに低いワケじゃないかもしれないけど。
でも、たぶん、いつか。

そんなことを考えながらずっと歩いていって、また空を見上げたら、ほんとにうっすらと真珠のようなピンク色に染まる雲が見えた。
これは「彩雲」というのだ。

いつかはわからないけど、虹の時間がまた訪れる可能性の高さ。
空を探しても、そこには何も見えないけど、でも、空の彼方にその可能性はちゃんとあって、出くわせるかどうかはわからなくても、そっちに向かって今も、歩いてる途中なんだろう。

私は子供の頃からあれこれ想像するのが大好きで、未来のことや架空の世界のことで頭の中をいっぱいにしていた。
今もそういうふうになることがけっこうあるが、幼い頃にはできなかったことが今、できるようになっていることに気がついた。

それは、記憶の世界に入り込む、ということだ。
空想の世界に浸りこむみたいに、記憶の世界にも浸りこめるのだ。
子供には「過去」がほとんどない。未来だけが膨大にある。
だから記憶に浸ることは楽しくもないし意味もない。
でも大人になればなるほど、素敵な時間の記憶が層をなしていく。
待っても探しても訪れないのに、あきらめきって期待しなくなったころに不意に来る、そんな虹のような特別な時間についての記憶が、七色にも、もっとたくさんの色にも、積み重なる。

そんな記憶を引っ張り出して、ときどき、そこに住まうことができるのだ、ということに、最近、気がついた。
その夢からはっと覚めると、なんとなくおだやかで、満ち足りた、元気な気分になっている。
大好きな曲をくりかえし聴きなおすように、幸福がよみがえる。
子供にはできない、大人だけにできること。

「思い出作り」という言葉は今でもだいだいだいだいっきらいだし、以前は「思い出」という言葉をそも、忌み嫌っていた。過ぎたことは忘れてしまうのが潔さ、と思っていた。

でも、今は少し違う。
記憶はちゃんと身体の中に残っていると、その出来事はウソじゃなかったと、
そう思っていいのだ。

最近、そう思えるようになった。

## 見えないもの

独歩して先づ鞭うつ天地の春
さもあらばあれ霜雪ややもすれば身を傷つくるを
高風峻節　誰か相識る
唯だ心腸鉄石の人あり

烈公・徳川斉昭の詩。
彼は梅を愛した。

まだ冬で、どの花もあたたかくなるのを待っているのに、それを待たずに、敢えて雪の中に先鞭をつける梅の花。
寒風に傷つくのも恐れずに、自らの「節」のために心の表面を鉄石のように硬くして、その本心や痛みを誰にも知られないまま、はなやかに外へ咲き出す意志。

重要なことなら重要なことほど、
人は心の中で思いを巡らし、考えに考えて結論を出す。
でもなぜか、その膨大なボリュームの「考え」やそれにともなう「痛み」は、
重要なテーマであればあるほど、外にあらわれない。
ぐるぐるぐるぐる考えに考えたそのプロセスやまごころは、
容易に外から見ることができない。
大切なことほど、そうなのだ。
たまに、それがあとからわかったりする。
でも、そんなのはマレだ。

サン・テグジュペリ『星の王子さま』より、
幾多の書き手に引用されてきたフレーズ。

「たいせつなものは、目には見えない……」

たとえば、誰かのために必死に悩んで考えて、そこから答えが出てくる。
その答えには膨大なバックグラウンドと、
その選択がベストとされる根拠がある。
さらにその答えが生み出すものへの限りない配慮がある。
だけど、それが生み出されるまでの、心をぱりぱり自分で割りちぎっていくような苦しみは、最終的にみんなの目の前に出される
「答え」だけからは、うかがい知ることが難しい。

たぶん
「たいせつなもの」
は、ぐるぐる悩み、考え、痛みに痛んだハートのその痛み、なんだと思う。
砂漠に不時着した飛行士には、もちろん水や機体の修理が「たいせつ」なんだけど、でももしかしたら、もっと「たいせつ」なのは。

心腸鉄石、だがその内側には熱い水が満々と湛えられていて、波打っていて、
繊細な骨と透明なひれを持ったちいさな魚が、ひとりぼっちで泳いでいる。
どんなにその魚の悲しみや孤独を思っても、外からその魚の涙の世界に入る
扉は容易に見つからない。

「でも、そのあとはなんと言っていいのかわかりません。
　わたしはなんて不器用なんだろう。
　どうすれば王子の心に届くのか、
　どこに行けば王子の心といっしょになれるのか、
　わからなかったのです……
　本当に不思議なものですね、涙の国というのは！」

これも

『星の王子さま』より引用。

斉昭の子供が徳川慶喜。
十五代も続いた幕府、そしてそれに強い縁でつながった無数の人生を、社会的立場を、生きる術を、誇りを、よりどころを、その身に全ての責を負って「リリース」した。
身を切る冷気の中に恬然と咲く梅の花。
なぜその凍てつく空気に敢えて身をさらすのか、それが了解される真の理由は、花の心の中だけにあって、外からは決して見ることができないのだ。

宝石

著書『星栞』で、カイロスとクロノスのことを書いた。
時間には、時計に刻まれていく単調な時間と、そうではなく、人の手で掘り起こされなければならない宝石のような時間の２種類がある、と。

あれを書いたのは父が死んだ直後で、私の頭の中は非日常に支配されていた。
それを力ずくで反転させるみたいに、ヤケクソにキラキラしたことを書いた。
覆い被さってくる何かをはねのけるように、むりやり光を表現しようとした。

鉛筆の芯もダイヤも炭素でできている。
いくつかの時間が通る道の、おそろしいほど精密に設計された交差点で、それをどっちに転ばすか、選ばされる。
正しそうに見える方を選ぶこともできるし、逸脱と思える方向に行ってみることもできる。
そこまではいい。

私は、道上にダイヤがころがってるのだと思っていた。
それを拾い上げるのだと思っていた。
あるいは、鉱山を孤独に掘り進むとき、突然出会うものだろうと思っていた。
ダイヤ（或いは、炭）と私の関係は、１対１のものだとイメージしていた。

でもそれはそうじゃなかった。

それは、共有されるのだ。

だれかがくれるのでも、一人で掘り出すのでもなく、孤立した人間同士がいくつかの選択を重ねていった結果、奇跡みたいにそこにころんと

「生まれる」
のが、奇跡のような時間、その「カイロス」なのだ。

だれかとだれかの「つながり」というとき、お互いの手の中には、相手の手があるだけだと思っていた。
でも本当は、「つながり」とは、
相手の手をぎゅっと握ること、ではないのかもしれない。
たとえば、一粒のダイヤを２人の人間が一緒に握ろうとするとき、
自然に手がつながった状態になる、だけなのだ。
手で手を握るんじゃないのだ。
握っているのは、ダイヤの粒なのだ。
だから手は、「つながってしまう」のだ。

ダイヤは美しい。
でも、工業機械に使うのでもない限り、利用価値は薄い。
人を飾り立てたり、預金代わりにされたりする。

でもなぜか、その石をまじまじと見つめるとき、自分にとってだけ、
その石が限りない価値を持っているように思えることがある。
自分の魂そのものがそこに具現されていると思えることがある。
いくらお金を積まれようと、絶対だれにも渡したくないと思えることがある。

「つながり」を作り出す何か。
私が宝石になぞらえるなにか、にもまた、そんな性質がある。
それを掴もうとする者同士にしか感じ取れない、絶対的な価値がそこにある。

# ビリー・ホリデイ

「crime」と「sin」は、日本語ではどちらも「罪」と訳す。
前者は法律や社会に対する「犯罪」、後者は神様への罪のことだ。
guilty or not guilty.
裁判で有罪になるかどうかで、個人と個人の関係が変わるわけではない。

犯罪、罪、社会的責任。
自分で自分を傷つける人もいる。
アルコールは合法だが、麻薬は違法だ。
アメリカには禁酒法時代があった。
日本では違法でもヨーロッパではOKのドラッグもある。

ビリー・ホリデイの自伝が大好きで、何度も繰り返し読んだ。

レイプされ、差別に苦しみ、麻薬にハマり、呻吟《しんぎん》しながら、歌った。
苦しかったからそんなふうに歌えたという人もいるが
歌うためにそんなふうに苦しんだ、というようにも見える。

すくなくともそういう歌が、人々に必要だったのだ。

彼女の歌った歌で最も有名なのは、『奇妙な果実（strange fruit）』。
リンチされて木の枝からぶら下がって揺れる黒人の死体。
この歌を歌い終えると彼女は
「全身の力を抜かれてしまい、ひどい疲労を覚える」。
レディ・デイが全力で、心臓をじわじわとつかんで絞るように歌うこの歌を、
アメリカ国民は「必要とした」。

それでも社会は受け取った恩は忘れるかわり、彼女の苦しみへの仕返しは怠りなく行ったのだ。
何度か彼女は麻薬中毒に陥り、私には治療が必要なのだ、と乞いながら、
刑務所に収容された。

不安定な人生、悲しみをうたうひと。
社会制度がその薬を用いた人間をNOと言わなければならない役割を背負っているのはOKだ。
私はそれに無言の賛成を与える。
民主主義国家であり法治国家であることはすばらしい。

でも私はひとりのいきものとしては、彼女の法廷での罪に対する怒りなんか微塵も感じない。
社会制度が彼女にむける怒りに、私の感情は共感しない。

その傷と渇きと孤独、その不安への限りない悲しみしか湧かない。
つかんだワラまでがさらに彼女を傷つけて犯罪者にした。
そういうふうにしか見えない。

人を犯罪者にするのは、人の弱さだけなのだ。
弱さは誰もが持っている。
弱いことは時に醜い。
でも、弱いだけなら、悪いことではない。
弱かったから体験された苦痛が芸術を生むこともあれば、大きすぎる弱さゆえにもっと多くの弱さを陥れてしまう人もいる。
通常以上の強さを持っていても、背負うものが大きすぎたがゆえに、痛めつけられて膝を屈することもある。
あるいは、自分の弱さを誰かになすりつけて、自分を誰よりも清浄だと思い込むような弱さもある。
自分の中の弱さを見たくない、そのために、他人の弱さをことさらに攻撃す

る、こともある。

もちろんこれは法律の話じゃない。
完全に「個人の心」の話をしてるのだ。

「私が出てゆけば、綺麗で、唄が巧く、にこやかで、
調子がいつになくよいと思われるのだ。
何故かって？　それは私がビリー・ホリデイで、
あらゆる苦労を卒業した女だからだ。」

―― ビリー・ホリデイ

## つらいこと

「今とても辛いです、どうすれば辛さが消えるのでしょうか」
「これから辛いことが起こるのでしょうか、とても怖いです」
というご相談のメールを、とてもしばしば受け取る。

あのときは辛かった、また辛いときが来るのかな
という恐れを、誰もが多少は、感じたことがあると思う。
つらいのはいやだ。
つらいのはこわい。
私だってそうだ。
痛みも辛さも苦しみも、できれば全部上手に避けて通りたい。

でも、実は
「なにがおこっているのか」が解っていれば
「つらさ」「くるしさ」は、あまり問題ではなくなるのだ。

たとえば。
筋トレは苦しくて痛い。
辛い思いを自分から望んでやる。
頼まれもしないのに重いものを持ち上げ、何も生み出さないのに立ったり
座ったり、寝たり起きたり、曲げたり伸ばしたりする。
痛くて苦しくて辛い。
でも、人は好き好んでそれをやるのだ。
なにが起こっているか、が、解っているから、だ。
そして、盛り上がった筋肉や割れた腹を見て快感を感じ、
もっと自分の身体を「くるしめ」る。
このとき、心は全く痛まない。

13
14

ご相談メールで辛さを訴えられたとき、あるいは「また辛いことが起こるのですか」と聞かれたときは、
「それがどんなに辛いことか」「その辛さがいつまで続くのか」ではなくて、
「一体、何が起こっているのか」「何が起こるのか」を、
考えるようにしている。

物事は、完全に外側からだけ来るものではない。
それは必ず、「むこうからのはたらきかけ」と
「こちらからのはたらきかけ」との、２つの要素の掛け合わせで起こる。
「肩凝り」みたいなものだ。
押されても、凝っていなければ痛くない。
凝っていても、押されなければ痛くない。
凝っているところを押されたから、痛む。
「押される」こと自体は、自分ではどうにもならない不可抗力かもしれない。
でも、肩凝りしているかどうかは、こちらの問題だ。
押されることと肩凝りしていること、この２つの要件から「痛み」が生じる。

注射が一番いやなのは、看護師さんがその針を取り出して注射器に取り付け、薬を扱ってるのを見てるときだ。
今にも刺すぞ！というその瞬間が一番「怖い」。
刺されると、確かにちくっとするのだが、終わると小さな達成感すらある。
問題なのは注射針の痛みではない。
風邪をひいたというそのことなのだ。
確かに注射は痛いが、問題の本質は「風邪」であって、「注射」ではない。
「辛いです」というメッセージはしばしば、「注射」を辛がっている。
あるいは、注射の痛みを選ぶかどうかを考えている。
そこでは「風邪」が見過ごされている。
「風邪」を直視する方がほんとうは、ずっと怖いことだ。
だから、無意識にそれを考えないようにして、「注射」の痛みに注目し、

結果、それに支配される。

「つらいことかどうか」ではなく、「何が起こったのか」を考える。
それは実際、当人にしか解らない。
第三者に詳しく自分の話をしているうちに解ってくることもある。
２つ以上の出来事がおなじテーマを指さしていることもある。
自分の選択や行動、言動、そこにある動機や思考、条件反射などを、つぶさにたぐっていくと解ってくる。
この「たぐっていく」作業は、しばしば苦しい。
ほんとは、それが一番「つらい」ことだ。
過去の自分の弱さや醜さ、マチガイや誤解、依存心、甘え、卑しさなどを発見し、それを認め、そこを変えるなんて、文字通り身体をえぐられるような苦痛だ。
人のアイデンティティは、その人の過去の経験からできているらしい。
その「過去」を分析し、批判し、否定するなんて、
なかなかできることではない。
多くの人がそれをしない。素通りする。
痛みを回避するその素通りを、責められない。
それは難しいことであると同時に、危険なことでもある。
その人の誇りや自尊心、価値観、拠り所などがときに、根底から覆る。
それを壊したあと、立て直せなかったら、人生が崩壊することだってある。
そんなリスクを「背負いなさい」なんて、とても言えない。
その人にしか選べない。

でも、その人がそれを[illegible]、
ちゃんと、状況は変化する。
不思議なくらい、状況が変化する。
私はそういう場面を、たくさん見てきた。
それを実現した人を見たときは、口がぱかっと開いちゃうほど感動する。
自分の限界を自らの手足で超えてきた、そんな過去のプロセスを感じさせる

人は、みっちりと満ちた「実」をおなかの中に持っていて、その安定感が自由に、のびのびと輝いている。

「成功する人は皆こうしている」というようなことが書かれた本を見るとき、私は「ウソだ」と思う。
それをしないで成功した人も、絶対にいるはずだからだ。
何かをしさえすれば、このルールさえ守れば、これに気づきさえすれば、必ずうまくいく、なんて、絶対にあり得ないと思う。
人は千差万別で、今現在立っている位置もそれぞれ、違っている。
それまで必死に努力した人と、何もせずに言い訳だけで生きてきた人では、おなじことが起こるわけがない。あたりまえのことだ。
でも、がんばってきたらかならずうまくいく、というわけでもないのが、人生のおもしろいところでもあり、辛いところでもあると思う。
がんばり所が間違っているという場合もある。
今まで頑張ってきた方向性がずれていた、なんて、絶対に認めたくないことの一種だ。

これは犯人捜しではない。
その曲がりくねりも、ひとつの「道」であるだけなのだ。
その曲がりくねりこそが、ある美しさをもっているのだけど、
それを「美しい」と見て取れるのは、道を歩いて行ったそのずっと先なのだ。

13 14

## あじさい

子供の頃からあじさいの花が大好き。

幕末に来日したドイツ人の医師・博物学者、シーボルト。
彼がつけたあじさいの学名は Hydrangea Otaksa だ。
オタクサ、は、「おタキさん」からきている、といわれている。
「おタキさん」は、シーボルトが日本滞在中、彼が愛した女性の名前である。
２人のあいだには娘が生まれ、彼女は成長して、日本初の西洋女医となった。
シーボルトがあじさいを命名するより前に、すでにこの花には学名があったので、「オタクサ」は正式な学名にはならなかった。
あじさいにイメージを重ねられ、花の名前にうたわれたその女性は、
どんな人だったんだろうと思う。

あじさいは、土の酸性度によって、色が変わる。
花びらのように見えるのは肉厚の萼《がく》なのに、その色彩の透明感と、葉脈の神経質な繊細さは、ひどく、もろい。丈夫であたたかな涙に満ちている。
夏が過ぎて、茶色くひからびてもなお、花のかたちをとどめる。

hydrangea は「水を入れるうつわ」を意味する。
遠い空のかなたからここまで流れてきた雲、
そこから降りおちる雨をうけとって、ずっとその人をおもっている心。

誰かの好きなもののことを知ったら、それをいつまでもおぼえていたい。
誰かがわたしの好きなものをおぼえていてくれたら、とてもうれしい。
「こういうの好きでしょう」って差し出されたものがあって、
万が一、その洞察が誤解だったとしても、
その瞬間からそれが大好きになっちゃうくらい嬉しい、こともあるのだ。

## アイデンティファイ

誤解されたり非難されたりしたとき、
解りあえない他人から切り離されて、自分がここにぽつんといて
ああ、これが自分なんだなあと思える。
境界線が生まれたおかげで、「自分」のエッジに気づく。
ここに自分が、誰ともつながることなく
こうやってひとりぼっちで暗闇に立っているんだと、肌で解る。

そのとき、どかーんと重い大きな岩のように「自分」が立ち現れる。
語っても語っても決してそこでは解りあえないということが解ったとき、
自分は誰かと混ざったり同化したりしないんだ、と感じる。
油を塗った表面が水をはじくように、他人のおもわくや信念や無意識の防衛
を表皮ではじき返している自分の張力を感じる。
誤解されたり非難されたり嘲笑されたりしてはじめて、
自分が、アイデンティファイされる。
どちらかが正しければどちらかが間違っているわけじゃない。
この感触は誰がなんと言おうと絶対的だ。
孤立したとき初めて、自分を一個の存在として実感できる。
自分の声が聞こえ、アウトラインが決まる。

解りあえないのに声がかれるまで人前でキレて見せるこの格好悪さ、
誰かを傷つけるかもしれない恐怖に怯えつつ目をつぶって怒鳴るこの傲慢さ、
この恥を耐えてまで言いたいことって何だろう。
誰かを説得するためじゃなくて多分、自分が他人とのあわいで溶け出さない
ようにするために必死で叫んでるんだ。

放っておけば個人の心なんか集団の中にいとも簡単に溶け出してしまう。

Furumachi

たった100人の集団の中でも、一人異論を唱えるなんて恐ろしい体験だ。

毎日悩んだり迷ったり。でもそれこそが「あるべき姿」なんだろうと思う。
何も思い悩むことがない日々というのは、多分、
手応えのない、空疎な日々なのかもしれない。

苦しいこと、面倒なこと、諍い、心配、プレッシャー、ストレス、孤独感。
そういうのは「手応え」なんだ。
スポーツが苦しいけど楽しいのに似てる。
あんな長距離を走れるのは、ランナーズ・ハイのせいだと言われてるけど、
それだけじゃないんだろう。

自分が自分であるという感覚は、身体の感覚と結びついているが
そこにはもしかしたら、感情も含まれるのかもしれない。
怒りや悲しみ、寂しさや疲労も、自分だけのもので、経験の証拠だ。
アウトラインを確かめる。
膝をつねって夢じゃないって確認する。
苦しくて辛い時こそ、「自分」が「ここ」にいるってわかる。

ふりかかってくるたくさんのこと、失われていくたくさんのもの。
悩んで迷ってるけど、それがイヤじゃない。逃げ出したくなったりはしない。
そういう「当然」の感じ。
一人で受けて立って、気負わない。
ヒロイックでも、メロドラマでもない。

これが「日常」の感じだ。

「不幸のうちに、はじめて人は自分が何者であるかを本当に知るものです」

ラ・レーヌ・ド・フランス、マリー・アントワネットの言葉。

Furumachi

## 不都合

『不都合な真実』というタイトルの映画が公開された。
映画の内容とは、以下の話は直接関係ないのだが、
この『不都合な真実』っていうタイトルは、すごくよくできてると思う。
「真実」というのは、
「それが隠されている」という前提の上に成り立つ言葉だ。
むきだしになってるものは「真実」とは呼ばない。

先日、「いじめ問題への緊急提言」なるものが政府から出されたらしい。

いじめた側に厳しい措置を執る。
見て見ぬふりをした教師も同罪。
みんなで取り組もう。

「これを聞いてどう思いますか？」という記者の取材に対し
中高生とおぼしき子供（顔は出てなかった）がカメラに向かって
「イジメを見てもやめろなんて怖くて言えない、次やられるのは自分だから」
と語った。

イジメもまた「不都合な真実」だ。

子供の頃と大人になってからとは何が違うのかな、と考えたことがある。
ごく幼い子供は、保護者から捨てられたら生きていけない。
自分で食べものと寝床を確保することができないからだ。
だから、どんなに酷いことをされても、親にかじりつく。
時に感情のスイッチを切って理性的判断を繰り返し、親に忠誠を誓う。

どんなに自分を傷つける人間でも、その人間から傷を負わされ続けながら、
その人間の気に入るように生きなければならない。
でなければ、餓死してしまうかもしれないのだ。
それほどに傷ついても切々と「生きたい」と願っているのだ。
それが、子供だ。

大人になったら、自分で食べものをとりにゆける。
生きていくための力を手に入れる。
だから、自分を傷つける相手からは、離れていくことができる。
他人を傷つけなければ生きられないような人間を、遠ざけることができる。

ほんとうはそうである「はず」なんだ。
なのに、この２つの状態の「境目」で、身動きできない人が、たくさんいる。

本来自分を守ってくれるはずの存在が同時に、自分をひどく傷つけてくる。
無視する、ないがしろにしてくる。
足蹴にされ、立ちなおれなくなるまで踏みつけられることもある。
こうなると、もう誰も信用できなくなる。
他人はおろか、家族も、自分自身でさえも。

「守る」って一体、どういうことなんだろう。
他人をいじめることでしか自分の手応えを信じられなくなってしまった窮鼠の心を、誰が守ってくれるのだろう。
自分を傷つけることでしか自分が生きていることを信じられなくなってしまった窮鼠の心を、誰が守ってくれるのだろう。
ある本に
「誰でも、誰に何を言われても傷つかないでいい、という権利がある」
と書かれていた。
著者は、アメリカ人の医者だった（たしか）。
いま、その本が本棚に見つからない。

生きていたい、食べなければならない、勝っていかなければならない。
負けた瞬間、勝っているヤツに飲み込まれて食べられなくなるかもしれない。

「不都合な真実」はそこらじゅうにころがっていて、それを横目に見ながらみんな「やれない理由」「できない理由」「やらなくてもいい理由」を積み上げて人に説明して、おそろしいほど理性的に、納得しあう。
私もそうやって生きてきただろう。
意識的にも、無意識にも。
都合よくついてきた自他へのウソなんかいくらでも、星の数ほど思い出せる。

人の目は、なぜか、
合わせた焦点よりも視界の端っこの方がよく見えるようにできている。
夜空に星を探すとき、もしその星を見失ったら、その星のありそうな場所をじっと見つめるのではなく、その傍らの暗がりを見つめてみればいい、と、天体観測の好きな友達が高校生の頃、教えてくれた。

そうすると、視界の端っこに確かに、見失った星の姿がよみがえる。

若さと美しさ

「明朗な心と、清新な感覚と、素直な清らかな情熱を老年まで保っている婦人は、たいていは若く見えるものだ。ついでに言うが、これらすべてのものを保つことが、おばあさんになってからも自分の美しさを失わないたった一つの方法である。」

—— ドストエフスキー

なんと心強い！

でも、私の尊敬する、ある年齢以上の何人かの女性を思い出しても、確かにそうだと確信を持って言える。
肝心なのはハートだ！　ハート！
と怒鳴ってみる。

しかし、何度読み返しても「やっぱり文豪はすごい」と感心させられる。
上記の引用は、2センテンスある。
最初の文は「若く見える」ことについて。
次の文は「自分の美しさ」について。
「若さ」と「美しさ」が、ちゃんと分けてあるのだ。
昨今のオニのようなコマーシャリズムの世の中では
「若さ＝美しさ」
と誤解させるような「情報」が氾濫しているが、彼はきちんと
「若さと美しさは、近くにあるけど、本質的にはぜんぜん違う話だ」
と言っているのだ。

「自分の美しさ」っていうのはほんとに、重い。
だれかと比べて自分が見劣りするかどうか、と「自分の美しさ」とは、違う。

ホントに保ちたいのは
「若さ」
ではなく
「自分の美しさ」
なのだ。

明朗な心、清新な感覚、素直な清らかな情熱。
これが今の自分のなかにあるだろうか、と問いかける。
自分で自分を見ても、それはいっこうにわからないのだけど、ときどき
「熱いよね」
とか
「明るいですね」
とか言われると、そうか、と思えて、うれしい。
私が誰かを見るとき、相手の物質的な美しさや知識の量や財産の多寡なんかまったく気にならず、ただ、明るさや柔らかさや素直さやかわいらしさなんかをひたすら眺めているみたいに、誰かが私の外側ではなくて「中にあるもの」を見いだしてくれるのだとするなら。

それは、とても怖いことでもあり、でも、がんばろう、って元気が出てくることでも、あるような気がする。

## 心配

心配は、心配された人にとって負担や重荷になることがあるから、
できればしたくない。
だから、しないようにしてる。

でも、大切な人が窮地に立っていたり、状況が見えなかったりするとき、
その人を思う人の心には自然に、
きゅうっと胸をつかまれるような痛みが、多かれ少なかれ、発生する。
だれでもそうだと思う。
あたりまえのことだ。
でもそういう「心配」は、その人を気遣うようでいて、
どこかで、自分の未来への恐れとすりかわっていたりする。
そんな、自分が安心したいためだけの「心配」は依存的で、
だれにとっても必要ではない。

その点、「ご快癒をお祈りします」「ご成功を祈ります」という「祈り」は、
相手の負担になるという心配がない。

「祈る」ことと「心配する」ことは、どう違うんだろう、と考えた。
多分、「心配」にはいろんな想像がつきまとうけど、「祈り」には、あまりあれこれ想像がくっつかない、という点が違う、ような気がする。

願いや祈りは、あまり想像を伴わない。
でも、心配や期待はつねに「こうかな」「ああかな」という想像を伴う。

想像したって仕方がない。
どんなに目をこらしても、見えないものは見えない。

それをあれこれ想像しても、意味がない。

昔、ある友達との別れ際に、なぜか何度も何度も繰り返し
「気をつけてね」
って言ってしまったことがある。
その友達とは、それっきり、この世では二度と会えなくなってしまった。

大切に思う気持ちが相手にとってうっとうしいこともあるだろうし、心配が取り越し苦労の時もあるし、それどころか、まごころのつもりのものが相手を傷つけてしまうことさえある。
動機が善意かどうかなど、まるで関係ない。
その友達がいつか言った。
「神様じゃないんだから、何でもカンペキにはいかない」
普遍的なアドバイスだ。

心配、と、祈り、のほかにもうひとつ、なにかあればいいなと思う。
たとえば、「心にかける」というのはどうかな、と思う。
「かける」というのは、帽子を掛けるような、カーディガンをひっかけるような、ライトな感じだ。固定されていないけれど、少々のことでは外れない。
取り外し可能で、欲しければ持って行けるし、元に戻すこともできる。
「心配」が「心を配る」のに比べ、押しつけがましさがない。
心に、相手への思いがひっかかっていて、そこにある、というイメージだ。
そうして「心にかけ」ていることが、確かに相手の力になればいいのに、
と願うけれど、どうだろう。
でも、もしだれかが私のことをそんなふうに「心にかけ」ていてくれたら、
きっとうれしい。

どこかあきらめて、放り投げてるようなところもあるけど、「心にかけ」続けることは、多分、しててもいいことじゃないかなあ、と思っている。

## タイミング

このあいだ、ある人とのやりとりで、
すこしタイミングが合わなくてしょんぼりした。
でも、そのわずかなタイミングのズレが、
もっと他のタイミングを合わせてくれた。

何かが変化する瞬間には、いつもとちがうものが見える。
そこでは心が大きく揺れるけれど、でも、終わってみればその意味がわかる。

心を締め付けられるような不安を味わっても、後になってみればまったく大丈夫だった、という体験をくりかえして、大人になる。
子供の時はあらゆることが不安で怖い。
でも、どうすればいいか、どうなるか、を体験して、怖さが消えていく。
「はじめてのおつかい」
で死ぬほど怖かった八百屋のおじさんが、後々ちょっとした人間関係の悩みを聞いてもらえる恩師になったりする。
大人になってからもそういうことは起こる。
怖さに耐えて自分の限界を越えると、その彼方に、新しい安心を発見できる。

タイミングが本人の予測通り、期待通りにカチカチ噛み合っているときは
「限界越え」
は起こらない。
自分の手で自分の限界を広げることが必要なとき、
すべてのタイミングは、ずれるのだ。
そのタイミングのズレこそが、タイミング、なんだろう。

だけど、「大人になる」って、ほんとにむずかしい。

日記

たくさんの人が日記を公開している。
最初は「おもしろそうだな」と深く考えもせずに始めるわけだが、
やっているうちにだんだんと、自分が日記を書くことについて
「なんでだろう」
と、時には自嘲的に自問自答することになる、ようだ。
最近、どこかの新聞のコラムに
「たくさんのプチ評論家が、ブログと称してもっともらしいことを書いてる」
とか、あざけるような言いかたで書いてあって
悪かったね
とふてくされたところをみると、かくいう私もその一人なのだろう。

「日記」と一口に言っても、その内容は、人によって、さらに、同じ人でも、
日によって違っている。
私自身、その日に起こったことを書く日もあれば、新聞記事をメモする日も
あれば、思い出話をしみじみ書くことも、ある。
それぞれ、それを書いてWebにUPすることの「効用」みたいなものは多分、
違っているのだろう。

先日、電車がマンションに衝突し多数の死傷者が出るという大事故があった。

当事者の背負う悲しみや苦しみは、古今東西、変わらない。
古代から災害や事故はなくならない。
だから、いつの時代も、誰もが明日にも、同じ苦しみを味わうかもしれない。
だから、そのための儀式や言葉がこの世にはたくさん、ノウハウとして蓄積
されてきた。
葬送の儀式を持たない社会は、存在しない。

死者と残された人間を悼み慰める言葉を持たない社会は多分、ない。

でも。
今の時代は、自分の身の回りで起こったことではない「災厄」を、情報の形で受け取ってしまうシステムができあがっている。
人間同士、コミュニティ同士の分業が進みすぎて、個々の人生が、昔よりもずっと他者の人生に間接的に関わるようになったからだ。
自分の位置から数個、ノードをたどれば、容易に「当事者」にゆきつく。
だから、知らなければいけないことが、増える。
私の勤める会社ももとは関西系で、鉄道には関わりが深い。
会社で日々、私が取り扱っている製品にも「JR 用」の文字が刻まれている。
だから、遠くの事件のはずが、遠くの事件ではないのだ。
遠くのことのはずなのに、連続していて、それを意識から断ち切れない。
家族も自分も事故に遭遇していないのに、心が騒ぎ、落ち着かなくなる。

事故当日の晩、しなきゃいけない仕事があったのだが、
そんなのとても手につかなかった。
何も手につかないまま、気持ちを落ち着けようとして、
そのくせ、事故のニュースを繰り返し流すテレビに見入っていた。

そのとき、ふと考えた。
何で私、テレビを見ているんだろう。
何かを渇望するみたいに、なぜ、こうしてテレビを見てるんだろう。
他の番組を見て気を紛らわせようとか、そういうふうには全然思えないのだ。
凄惨な事故のニュースばかり追いかけているのだ。

なんとなく、私は、日記を書いてみた。
事故のこと、今思っていることなどを書いた。
すると、すぐにコメントがついた。
なんだかすこし、ホッとした。

災害の時は、当事者同士声を掛け合うとよいのだそうだ。
動揺し、それでも衝撃から体勢を立て直そうと必死になっているとき
「自分と同じ思いの人が、何人もいるのだ」
と気づくことは、おそらく、耐震構造がそうであるように、
ショックを吸収する作用を持っているのだろう。
私と、私の日記を読んだりコメントしたりしてくれた人とのあいだには、
ちょうどそういうことが起こっていたような気がする。
みんな動揺していたのだ。
そして、ただその動揺について話し合うだけで、
気が休まったり、冷静になったりできたのだ。

「PTSD」という言葉を、今では誰もが知っている。
なにか衝撃の出来事があったとき、そのあとあとまで、なにかの症状が残る、その症候群のことだ。
かつて、ささやかながら、私もそれに似た現象に見舞われた。
被災はしなかったが、テレビで阪神大震災をリアルタイムに目の当たりにして、倒壊したビルを見て、燃え尽きた街を見て、そのあと、エレベーターに乗ることが死ぬほど怖くなってしまったのだ。
エレベーターが落ちたり、エレベーターの中に閉じこめられて圧死した人がいたり、というニュースを見たからなのだろうと思う。
もちろん、ニュースを思い出しながらエレベーターに乗るわけじゃない。
でも、乗ると手にじわっと汗が出てきて、内臓がぎゅうっとちぢまるような怖さを感じるのはどうしようもなかった。
飛行機にも、数年間乗れなくなった。
高いところは好きだったはずなのに、高所恐怖症になってしまったのだ。

阪神大震災当時、インターネットは今ほど普及しておらず、私はパソコンに触ったことがなかった。
一人暮らしで、友達もほとんどいなくて、話す相手がなかった。

だから多分、動揺が出口を見いだせずに、根を下ろしてしまったのだろう。

ワイドショーは、情報を伝えるため、というよりも、
「世間」と呼ばれるバーチャルな人間社会の広がりを体感するためにある。
つまり
「みんなそうなんだ、もっとヒドイハナシもあるんだ」
「この価値観を、みんなも抱いているんだ」
と安心するための、共感媒体なのだ。
その安心は野次馬的で、優越感を伴っており、しばしば無責任で、しばしば大雑把で、しばしばイノセントに差別的だ。
そこで発せられる「コメンテーター」たちのコメントは
「その場に居合わせたことがないから言える」傲慢なナカミがほとんどだ。
でも、多くの人がそれを見て、心を安んじている。

私が気づいたのは、つまりこういうことだ。
テレビを権威とし、そこを中央集積の拠点として大規模な共感を探しに行くのではなく、もっとこまかいやり方があるんじゃないか、ということだ。
モノを書くときは、何かの発見とか、アイデアとか、おもしろいことがないと意味がないと思っていたんだけど、どうも、そうでもないんじゃないだろうか、ということだ。
誰でも言いそうなこと、たいしてナカミのないこと、そんなこと言ってもなんの実効性もないようなこと。
それでも、なんだか、それを日記に書く。

当事者には、それを表すいろいろの言葉が古今、存在する。
でも、当事者でない人間の動揺を扱う「文化」は、
まだ存在していないような気がする。
だから、様々な人が、思いがけなく様々な反応をする。
今回の事故の後に続いた置き石事件やなぜか事故後に続いたオーバーランなどは、そういうところに端を発しているのではないだろうか。

昔は「よく知らないし遠いところのことだしカンケイナイ」ことだったのが、今は「遠いところのことだけど、まるで近くのことのようによく知らされてしまう（それが真実かどうかは別として）」のだ。
だから、そこで発生した思いを発し、受け止めるしくみが、自然発生的に生起していいはずだと思うのだ。
家族が亡くなれば、葬儀を営み、花を供え香を焚き、弔問客を出迎える。
そういうしくみがある。
では、あのような大きな悲しみを見た、遠く間接的関係者である人間には、どんな表現・コミュニケーション手段が可能なのだろうか。
そこに、ネットの日記のひとつの機能がある、ような気がする。

自分が「書く」ことが　一体どういうことなのか、年に４、５回は気になる。
考え込み、迷い、自信を失い、虚しくなって、もうやめようか、と思う。
たぶん、誰かの借り物だったり、思い込みだったり想像だったり、浅はかな期待だったり、鵜呑みだったりイタコだったりするのだ。
私が書かなくても。だれもこまらないのだ。

でもそれは、そのままでも、全く無意味、ってわけでも、ないかもしれない。
少なくとも、私自身の気持ちを保つために、なんらかの効力を持っている。
何かを書いてネットにアップするときにはいつでも、読み手に何らかの感情を喚起することへの強い恐怖がともなうが、それと同時に、私の中に、ある種のカタルシスが生じる。
さらにそこでだれかが一言書いてくれると、得も言われない安堵を感じる。
缶詰に閉じこめられている中で、ぷつっと外から穴が開いて突然呼吸ができるようになったみたいに、安心する。
これが相互作用であるならいいのに、と願いながら、日々、日記を書いてみるのだった。

## 集中

散歩中、ビルの工事現場を通りかかった。
もうビルはあらかたできていて、足場を解体しているところだった。
多分５階くらいの高さの場所で、鳶職の青年がひとつひとつ、鉄の足場を取り外していた。
自分の命綱をぱっぱっと付けたりはずしたりしながら動き回り、足場を構成する金属の大きな板や長い柱を取り外して、ロープで下に下ろしていくのだ。

足場の幅はとてもせまい。
私があんな場所に立たされたら多分、動くことが難しいだろう。
そんな場所で、リズミカルだけどゆっくり、淡々とした作業が繰り返される。
一定の速度でひとつひとつ作業が進み、少しずつ、でも確実に、足場が片づけられていく。

そうだ、仕事はああいうふうにやらなきゃ、と思った。
ひとつひとつ、ゆっくりと、確実に。
いたずらに全体を思い浮かべて終わるかどうかと焦るんじゃなく、手元の作業を見つめていれば、いつの間にか終わっている。

必ず完成できる、と信じれば、手元の作業に安心して集中できる。

こないだ、ある方にお会いしたとき、最近の私について
「焦ってる感じがする」
と言われた。
鳶のお兄さんの動きを見ているウチに、その自分の中の「焦り」が見えてきた。
私は、ああいうふうに、できてない。

危険でも、プレッシャーがあるところでも、つまるところ仕事はそういうふうに進む。
ひとつひとつ、淡々と進める。
それができれば、危険の中でも、ある程度の安全を確保できる。
危険をあげつらえば、何だって危険なのだ。
どんな場であれ、ミッションであれ、危険を完全にシャットアウトすることはできない。
そんな危険の中にあって「ひとつひとつの手順を、飛ばさずにしっかり積み上げる」というのが
「仕事」
なんだろう。

高い危険な不安定な場所で、ひとつひとつの動作を、手順を飛ばさずに、集中して行う。
一歩一歩に意識をむけて、それを重ねていく。
そうしたらいつのまにか、それができあがっている。

焦っているときというのは、過去と未来に足もとを掬われるようで、ほんとにいやな感じだ。
一方、過去も未来も忘れて手元のことにぴーんと集中しているときは、最高にいい気分だ。

そうなるのを待つんじゃなく、そうなれるように自分をもっていく。
そういうことができれば、ゆたかな余裕が生まれるだろう。

などと、ず——っとその作業を見上げながら考えていたので
見つめられている鳶のお兄さんは、さぞキモチワルかっただろうとおもう。
ごめんなさい。

## 苦しい時も

すこしずつ、すこしずつ。

あせらずに
とぎれても、あとでまた再開。やめてしまわずに。
疑問を持ちながら
自問自答しながら
ちょくちょく自嘲しながら
意味ないなあと思いながら
もっとうまくやれるやつがいっぱいいるよとか
自分なんかいなくてもだれもこまんないなとか
転んだり失敗したり自信喪失したり泣いたりふさいだり
時に、やらない方がずっといいなと思ったりしながら
それでも
つづけていく。

元気なときに頑張るのは簡単だ。
うまくいってるときはやる気満々でいられる。
辛いときほど続けるのは難しい。
落ち込んだときはだれだって投げ出したくなる。
ごほうびもなく、ほめられもせず、
毎日が同じような苦しさにまみれて孤独の中に過ぎていくときは
だれだって、藁をつかんだり塩水を飲んだり
おとぎ話を信じたくなったりするだろう。

それは仕方がない。

それでももう少ししたら立ち上がって
また歩けるようになる。
まだ知らないこともたくさんある。

だからとりあえず一眠りして気を取り直す、
低空飛行でもちゃんと飛んでいける。
進んでいこうと決めた方向に確かに向かっていたら
いつか、そこには願ったものか、または
願ったことがないけれども目指すことになっていたなにかがあるんだろう。
もちろん、何もないかもしれない。
頑張っていれば必ず報われる、なんて、
残念ながら約束はだれもしてくれない。
でも、もし
なんにもないだだっ広い空き地にしかたどり着けなかったとしても
そこに黄色いテントをはって２、３日（いや２、３ヶ月かかるかも知れないが）ぼんやりしたら
どこかから漂ってくる海の匂いを嗅ぎつけて
それで
また自然に歩き出したくなるんだ。

たどり着いた場所では
そこまで憧れて願い、たゆまず歩いた道のりを
決して後悔したりしないんだ。
憧れて願い、歩いたことそのものがたぶん
大きなガーネットのように、拾い集めた真珠のように
胸の中にずっと輝いていく。

だから大丈夫。

とか
しんどいときは
考えるのだった。

鏡を見つめて　笑ってキャンディ
というのもテなのだが
……
鏡を見ると更に気分が悪くなるのでやらないことにしているのだった。

## 恐怖

「怖い」という気持ちを、誰もが感じる。
でも、子供の頃怖かった暗闇も、大人になればたいてい、平気になる。
若い頃は恐怖の的だったものが、ある年齢になると気楽に扱えるようになる。
経験し、積み重ね、乗り越えると、心は明るく安定する。

だけど、怖いと感じているまさにそのときは、
この怖さをすぐに消し去ることは、残念ながらできない。
怖さを克服する方法はただひとつ、怖がったままで先に進むことだ。
怖い気持ちを抱えたまま、踏み出すことだ。
怖さは、忘れることも切り離すこともできない。
怖さゆえにずっとその対象から遠ざかっていることもできるが、その場合、
怖さはずっと消えない。
怖さを抱えたままその怖い場所に踏み出したときだけ、怖さがなくなる。

「恐怖心」という苦しみは、本来は、苦しむ必要のない苦しみなのだ。
まだ起こってないことを恐れて苦悩するのは、誰でもよくやることで、
かくいう私もすごくそうなるのだが、これが一番、意味のない苦悩なのだ。
実際、恐れていたことが起こってしまえば、誰よりも勇敢でいられたりするのだ。ときには、全く平気だったりするのだ。

怖さを克服することは難しい。
でも、怖いだけで何も起こってないんだと解れば、先に進む気持ちになれる。

「ムーミンたちはおたがいに、人のことは心配しないことにしているのです。
こうすれば、だれだって良心が発達するし、
ありったけの自由がえられますからね。」

『ムーミン谷の仲間たち』からの引用。

これ、自分のことについても言えるなと思うのだ。

## おかえりなさい

「待っている状態」と
「待っていない状態」とでは
心の中の状況が違うだけで、他人から見ればその様子は、大差ない。

「待ってます」と言ったとして
それが相手にとってプレッシャーになったり重荷に感じられたりするのは
「待っている」ことが「苦痛なこと」だと定義されるからなんだろう。

たしかに、今か今かと待ちわびる気持ちは、すごく辛い。
時間の流れが「一日千秋」のごとくゆっくりに感じられる。
待っている状態を早く終わらせて欲しいと願い、
心をじりじり焦げ付かせているような気持ちになる。
だから、大切な相手を待たせたくない、という気持ちにもなる。

でも。

ときどき、ふと
「おかえりなさい」
という言葉を口にするシーンを想像するのだ。
何か仕事をしていたら、後ろから不意に「ただいま」と声をかけられて
その懐かしい声に、身体全体が反射するように振り向いて、
あっ、おかえりなさい！　帰ってきてくれてうれしい！
という、春の陽光のような反応は、
待っていた人のものだけど、ぜんぜん辛そうでも苦しそうでもない。

獻

待つ
というのは
「来て欲しいと念じ続ける」
ということなのだが、きっといろいろ種類があって
「辛くなく待つ」ことも、ちゃんと実現できるんじゃないだろうか。
確かに、「待つ」あいだは誰だって
相手の身体を心配したり、辛い思いをしてるんじゃないかと想像したり
また会えるかどうか不安で、気持ちが変わったのではと思うと切なくて、
という時間も、たくさんある。
でも、じりじりと相手をなじるような気持ちで時間を真っ黒に塗りつぶして、
この待つという苦痛が碇のように日々、自分を進ませない、なんて
そんな待ち方は、悲しくて空疎だ。
そういうふうに待たれるほうも、辛い。
そんな待ち方をしてしまったら
ゆたかな「おかえりなさい」は、きっと、言えない。

その人がほっとして、
「帰ってきてよかった、ここにいるといい気持ちになれる」
って思えるような、そんな具合に
「おかえりなさい」
と言うための、その準備をすることが
「待つ」
ということであるならと思う。

その人がいつ帰ってきてもいいように、心の中にその人のいる場所をあけておいて、その上で、『秘密の花園』のメアリーのように、『千夜一夜物語』のシェラザート姫のように、自分という庭がいくら探検しても飽きないほどおもしろくなっているよう、この世界への自分の冒険を絶え間なく楽しみ続けておくのだ。

遠く離れたその人に会える日を待つ間も、もう死ぬまで会えない人との会合を待つ間も、大切な人と過ごす時間を待つ間も、まだ見ぬ人を待つ間でさえ、「待つ」ときはいつだって、そういうふうに、待っていたいなと思うのだ。

それで、その人が自分のもとにいつか、たどり着いてくれた時は、
余裕綽々で「おかえりなさい」って笑ってみたいと思うのだ。

## メロディー

何らかの、ごく一般的なテーマについて日記を書くと、
「そのテーマについて反対か、賛成か」
を問われることがある。
あるいは、文中からその答えをムリヤリ探し出されてしまうことがある。
そんなことは一切書いてなかったとしても、だ。

賛成か反対か、白か黒か。
その文章にそれが書かれていないのに、書き手が「どっち側なのか」を決めようとする読者は多い。
でもこういうことは、文章を読む時でなくても、しばしばやってしまう。
彼は私のことが好きなのかキライなのか、それだけを恋人との会話の中から発見しようとすると、それに関係ないように思える言葉は、単なる「枝葉」で、雑音にしか聞こえない。

自分がなにかの当事者として強い関心を持っていると、それに関わる情報が欲しくなる。
そのなかから、自分の心情に合うような、自分の不安や疑問を解消するような、そんな「文脈」を探し出そうとする。
うまいことその心情や文脈にぴったりハマる言葉に出会えたときはいいのだが、そうでないときは、ガッカリあきらめるか、それっぽく見えるものを曲解するか、あるいは自分への反論と受け取って反駁するか、の３択が起こる。

自分と似ている考えや、自分の疑問や不安をおさめるようなことは、するするっとアタマや心に入ってくる。
そして深く根を下ろす。
この作業を、人は多分信じられないほど幼い頃からやるんじゃないかと思う。

私は今いくつかのことを恐れていて、その恐れと闘っている状態なのだが、これは多分、「自分が思っているような自分」という幻想とさよならして、自分のありのままの姿を自分で認識しなければならない、という闘いなのかもしれない。
「ありのままの姿」というのもなかなかこれが面倒なのだが、要するに
「自分が抱いている幻想と、それに比した今の自分のスペックとのギャップ」
を認識するということだろう。

これは、想像するだに、おそろしい。

こういう情報はしばしば、現実のナリユキや他者からの評価、誰かとの関係の変化などによってもたらされる。
失敗したりケンカしたり妙にうまくいかなかったりするとき、「もしかして自分の中におかしいところがあるのでは」という疑惑が胸に湧く。
こういうのは、大変、痛い。
もちろん、他の多くの情報と同様、無視してしまうことも可能だ。
だから、認めたくない自分と認めなければと猛省する自分が、血みどろの大ゲンカを始める。

きれいなセルフイメージに固執してしまうのは、幼稚な感性なのだと思う。
もちろん、自尊心や誇り、理性とかは大切だ。
でも、子供が持っているような全能感のサブセットをこんな年まで漠然と、傷つかないように硬い缶におさめてもってるなんて、恥ずかしい、ばかばかしいことなのだ。

万能で強く魅力的な、絶対的な力を持った自分の姿を子供の時は夢想する。
でも、大人になると、人は自分の姿を「現在地」としてありのままに認識しなければならなくなる。
そして、子供の頃よりも、それが容易なのだ。

なぜなら、人間が「個」として完結した存在ではなく、常に他者や外部とのつながりのほうに広がっていく存在だ、ということが解っているからだ。
自分が一人で完結する存在ならば、限りなく完全で強くなければならない。
でも、他者と関わるところに、その架け橋の上にある喜びこそが一番の価値であり目標なのだとすれば、人は完全であるよりも、自分と他者の差を認識するだけでいい。
その短所と長所のコントラストを、弱さと強さが響き合うところに生まれる輝きを見つめて、惚れ惚れと見つめるだけでいい。

「真に重要なものは、一人一人の人間の機能ではなく、
　彼らの間における権限と責任の関係である。
　音楽にたとえるならば、組織とはメロディーである。
　重要なのは個々の音ではなく、音と音との関係である。」

—— P.F. ドラッカー

ここでは「組織」が語られている。
でも、この「組織」という言葉は多分、いろいろな言葉に置き換えていい気がする。
それは「コミュニティ」でも「人生」でも「運命」でも「自己」でも「愛」でも「才能」でも、およそ人間にとって大切なことならば何でもいいような気がするのだ。

経験則

「いないいない」のまま、そこにあれかしと願ったものが手に入らない、こともある。
逆もまた然り、これも経験則だ。

赤ん坊はなきわめきながら、そっちも覚えていく。

「いないいない」から
「ばあ」になるものと、いないまま、のものと。

近くにあって大きいものも、遠ざかると小さく見える。
いないいない、ばあ、になるものもあれば、いなくなったらもう金輪際そこにはなくなってしまうものもある。

受け入れがたいことを受け止めるのは苦しい。
望んだことと違うことしかそこに「ない」コトを認めるのは苦しい。

「これは現実だ。乗り越えよう」

明石家さんま師匠のことばだ。
ここには、リアリティと重みがある。

人間の頭は不思議なものだなと思う。
自分の期待に反することは、どんな手を使ってでも頭の中に入れないようにしたりするのだ。
やわらかい感情と、かたくシャープな思考。
硬質な思考は傷つきやすい感情を守ろうと、あらゆる手段を講じるらしい。

誰もが体験して覚えていく。
いくらないてわめいても手に入らないものがあること、どんなにほしがってもここにはないものがあること。
あきらめるのは苦しい。
あきらめる悲しみを背負うのは苦しい。
でもその感情の存在を無視せずにあえて痛みをいたいいたいと感じ切れたとき、痛みを恐れていたときに恐れていた未来とは全くちがった「現実」がおとずれる。
あきらめることを怖がったり拒否したりしないようになれる。
泣いてわめいてほしがったおもちゃが手に入らないことを、静かに受け入れられるようになる。

経験則。
経験を重ねると怖いものは少なくなる。
怖がっている人にも
「こわくないよ」
って言うことができる。

それが
「泣いた分だけ優しくなれる」
ということの意味なんだろう。

失うことは悲しい。
でも、失う前に失うことを恐れていたときに想像していたような悲しみと、実際にそれを失ったときの悲しみは、似ているようで、全然ちがっている。

所詮想像は想像の域を出ないのだ。
本当に起こる感情と、想像してそれに飲まれることを恐れる「感情のイメージ」は、似て非なるモノなのだ。

経験を重ねるうちに、それがわかる。
「こうなるのでは」という恐れが見当違いであることを知り、実際に起こる喪失と痛みを、受け止めて進める自分の強さを知る。
そしてその強さが、大切な誰かの弱さや痛みを守る力に変わることもわかっていく。

だから、それが失われても大丈夫なんだ。

関わり

終わってしまえば終わるかというと、そんな単純なものじゃない。
解っているから正しく振る舞えるかというと、
むしろそれだけうまくいかない。
思ったことが伝わるかというと、実はほとんど伝わらない。
自分が知らない自分まで知られていて、逆もまたしかりだ。

見えないところにいるのに対話が続く。
言わなくてもわかることと、絶対にわからないこととがある。
心の中にずっとあっていつも忘れない。
誤解も思いこみもみんな食い込んで離れない。

関係は、自分の人生そのものに組み込まれて化合する。
かさなってさわった部分から入り込んで血肉になる。
ひとたびのみ込んでしまえばどんなに混沌としようが、切断は不可能だ。
幻肢のように、存在しないものが、なぜかずっとそこにあるような気がする。

過去について淡々と話しているつもりなのに、今まさに起こっているかのように身体がガクガク震える。

遠く離れた場所に住んで、いつか思い出さなくなったとしても、なにかあるとワラを探すみたいに無意識に手を伸ばす。
相手を鏡のようにして、自分のなにかをありありと見る。
つかめなくてもその気配を思い出すと、お守りみたいな効果があったりする。

こういうふうになってることに意味がないなんて思わない。
やっぱりなにもできないけれど、なにかあったらまた懲りずに言ってほしい。

ずっと変わらない宝物と思えるのは、多分こんな気持ちなのかもしれない。

# 魔法

よく考えてみると、
「魔法使い」は、「致命傷」を与えることはできない。
人をカエルに変えたり、眠らせて塔に閉じこめたり、お菓子の家を造ったり、カボチャの馬車やネズミの御者を作ったり、そういうことはできる。
でも、人を殺したり、傷つけたり、気持ちを変えさせたり、という根本的な変化を及ぼすことは、できないようだ。

知ってる限りのおとぎ話をつらつらと思い起こしてみると、魔法使いじゃなくてもできそうなことしかしてない場合も、多いような気がする。

思えば、おとぎ話の中の「魔法」はみんな、人間の錯覚に起因してるようだ。
「そういうふうにみえる」とか、「そういうふうにおもえる」とか。

人が元々持っていないものを生み出したり、人が元々持っているものを剥奪したり、人の運命の流れを大きく変えさせたりすることは、「魔法」では、できないのだろう。
魔法でできるのはせいぜい、時間軸上のちょっとした位置関係をずらすこと、ものの「見え方」を変えること、くらいでしかない。

魔法がはたらくとき、魔法の前には見えなかったもうひとつの「ほんとうのこと」が姿をあらわす。
魔法は現実を隠したりごまかしたりするようでいて、もしかすると、現実にかかった「もや」を取り除くための手段なのかもしれない。
灰まみれで汚いサンドリヨンの中に潜む王妃の心、獣に姿を変えられた王子の本当の優しさ、100年眠って待たなければ出会えない真のパートナー。
「そのまんま」ではわからない、大事なことが、魔法のおかげですらりと光

にさらされる。
剥き出しになって証明される。

「日常的に起こる非日常的なこと」もまた、
魔法みたいな役割を持ってるんだなあと思う。
トラブルがあって初めて、相手がどんな強さや弱さを持っているか解る。
ふだんはもやに隠れて見えないことが、突発的で異常な「事件」によって、
明らかになる。

つまり「魔法」は、たぶんけっこう身の回りで頻繁に起こっているのだ。
そのたびに自分が、真実証明ありのまんまの灰かぶりなのか、それともほんとのほんとはお姫様の心を持つにせものの灰かぶりなのか、を、
テストされているのかもしれない…
と思うと、ちょっとぎくっとするのだった。

「魔法みたいだ」と思えるような素敵なことは、とても儚く思える。
でも考えてみれば、魔法がかかって起こったことはみんな、魔法のせいじゃなくて、自分や相手や環境の中にそのタネや実体がちゃんと「あった」から起こったのだ。
魔法をかけてもらってうまく王子様を手に入れたシンデレラもいれば、魔法をかけてもらっても王子様を手に入れられなかった人魚姫もいる。

そういえば、人魚姫はちょっとムリをしたのだ。
彼女は、魔法のおかげで、声が出なくなった。
あれはほんとは、どうすれば良かったんだろう。
人魚のままで王子様にアプローチしてたらどうだったろう。
王子はやっぱり、怖がって逃げたんだろうか。
王子と人魚姫に縁があったなら、人魚のままでも恋に落ちたんだろうし、そこではもしかしたら、もっと他の魔法がかかったかもしれない。

アタシは人魚なんだから人魚で勝負する！
と息巻いていたら、もっとちがった展開があった、のかもしれない。

自分をいつわっても、結局、あまりうまくはいかないんだろう。
魔法は何かをごまかすためにあるんじゃなくて、やっぱり、
「何かを剥き出しにするためにある」
のかもしれない。

という、教訓話ってわけじゃないだろうとも思うんだけど。

## 初心

「なにかを失いたくない」と思うと、怖いけど
「失うものは何もない」と思えば、怖くない。

いつだって、失うものなんか本当は、何も持ってないのに、
なにかが手の中にあってそれが自分のモノだ、というふうに、カンチガイしてるのだ。

得意な仕事をしていたり、人間関係がうまくいっていたりするときは、自分は素敵にカンペキな人間であるような気がする。
でも、不得意なことをしていたり、トラブルがあったりするときは、自分の欠点や醜さ弱さが剥き出しになって、まったくのダメダメ人間だという感じがする。

だからたぶん、得意じゃない仕事もやってた方がいいのだ。
それは「失うものは何もない」状態、と、ちょっと似ている。

初心者は、何も巧くできないし、何も守らなくていいし、そいつに誰も何も期待しない。
自分も自分に過剰な期待はしない。
だから、問題点を受け止められるし、失敗しても精神的リカバリは早い。

失うものは何もないのだ。
何も手に入れていないんだからそうなんだ。
だから、怖くないんだ。

## 番外編　新潟にて

2007年8月の終わり、突然思い立って、新潟に行った。
分厚い単行本を脱稿した直後で、疲労が限界に達していた。
スケジュール的余裕はまったくなかったのだが、
直観的に「もうだめだ」と感じ、気がついたら電車に乗っていた。

新潟は故郷でもないし、知り合いがいるわけでもない。
数年前に一度、真冬の青春18きっぷで立ち寄っただけの場所だ。
道路がコチコチに凍っていて、歩くこともうまくいかなかった。
そのとき、雪のない時にまた来よう、と心に決めたのを思い出し、
なんとなく向かったのだった。

ホテルについて荷物を置いて、信濃川に沿って海まで歩いた。
ジーンズのまま膝まで日本海に浸かって、きいろく雲の中に光る夕日を見た。
夕闇の中をホテルまで歩いて帰り、すなすなになったジーンズを脱ぎ、
ランドリーサービスを頼んでからまた、夜の街に散歩に出かけた。
ネオンの光る、濃いお化粧をした若い女性がちらちらと通り過ぎる花街をうろうろしたあと入った居酒屋で、飲みつけない日本酒を飲んで、なにがあったわけじゃないのに無性に悲しくて、遅くホテルに帰って、泣きながらひとりで眠った。

新潟の街は、「使い込まれた街」だ。
新潟には、使い古した革製品のように、黒光りする光沢がある。
そしてそれらの多くが、今も使われている。
もちろん、多くの地方都市の例に漏れず、大規模な開発がなされていて、ぴかぴかひかるがらんとした建物も多い。
でも、それとは明らかにスケールの違う「街」が、まだ生きている。

ライトアップされた、信濃川にかかる万代橋は水面と低く近く接していて、それがこの土地に住む人の民主的矜持を語っているようで、それは機械ではなく人間が作ったものであって、私の疲労や苦悩をいきいきとシェアしてくれそうな気がして、頼もしかった。
それはヒーローじゃないし、モニュメントでもなかった。
人の手が作った、あたたかく確かな、うつくしい道具だった。

翌朝、雲が重くたれ込めていた。
テレビも新聞も見ずに外に出ようとして、ホテルの玄関でポーターの女性に「今日は、降りそうですか」と聞いてみた。
すると、「いえ、これから晴れるらしいですよ」と返ってきた。
ふーん。では、傘は要らないな、と、玄関先にある傘のロッカーに折りたたみ傘を預けて、ホテルを出た。
川沿いに、昨日とは逆方向に歩いていき、古い議会の建物をみて、白山神社に回ろうとした。
突如、雨が土砂降りに降ってきた。
とりあえず近くにあった喫茶店に飛び込み、雨宿りを試みた。
鳩がたくさん窓辺に集まってきて、雨宿りをしていた。
鳩と同じ目線になったのは初めてだったので、たくさん写真を撮ったりした。
珈琲を飲みパウンドケーキを食べて、手紙を一通書いたが、止む気配はない。

新潟の街にはいたるところ、アーケードがはりめぐらされている。
といっても、中心街からすこしはずれると、これがとぎれとぎれになる。
私は、散策コースを変更し、アーケードづたいに歩くことにした。
私は下を向いて歩くクセがあるが、旅先ではよくこれに気づいてあわてて顔を上げる。せっかく見知らぬ街にきたのに、景色も見ずにアスファルトだけ見てるなんて、なにがしたいのかわからない。
でも、どんどん歩いていくうち、いつの間にか目線が落ちている。
今回はこのクセがうまく機能した。
なぜなら、新潟では通りの名前を書いたプレートが、歩道の石畳にはめ込まれているからだ。
そこには、古町通、と書かれていた。

そうか、この道は、ふるまちどおり、というのか、と感心した瞬間、また下ばかり見ていた自分に気づいて、強制的に顔を上げた。
すると、あるお店が目に留まった。
絵や画集、雑貨などを売っているお店だった。
ガラス張りで、店内にポストカードがたくさん飾られていた。
そのカードに、目が吸い寄せられた。吸い寄せられるままに、店内に入った。

最初は、アメリカの写真かな、と思った。
濃い、まさに「紺碧」といいたいほどの青空に、赤や黄色のコンテナが積まれている写真。
虹色の旗のようなものがはためいている写真、暗がりに下駄箱が…下駄箱？
アメリカに、あの銭湯の下駄箱があるわけはない。
でも、目に痛みを感じるほどまぶしいこの色彩は、全く日本的ではなかった。
日本的、というのは、湿気を含んでいて、余白がフェイドアウトしていて、リリックで、繊細な調子を言う。俳句のように、全てを言いきらない「行間」が組み込まれたものを言う。
これは、日頃から私が思っていたこと、ではない。
この場で、そこに並べられた十数枚のポストカードを見て、しみじみとそう考えたのだ。なぜなら、これらの写真には全く、そんな「日本的」な気配がなかったからである。
なのにすべて、これらの写真は、日本的といえばあまりに日本的な、新潟という土地で撮影された作品だった。

目が痛いほどに光が鋭い、と感じるが、画面は決して明るくはない。
むしろ、暗い。
画面が暗ければ暗いほど、光がまぶしく感じられる。目を細めたくなる。
言いたいことは全て言いきられているが、それは説明的ではない。

ぼかしも、フェイドアウトも、なにもない。
乾燥していて、鋭い。でもシニカルではなく、むしろ、熱いのだ。

ポストカードを買い求めつつ、店主とおぼしき男性に、このカメラマンと連絡を取るにはどうすればいいのか、と聞いた。
こちらに連絡して頂ければ、相田さんに連絡しますよ、と言われた。

宇宙は真っ黒な暗闇で、そこに光を当てたところで、青くなることはなさそうに思える。だけど、空は青い。
相田さんの写真を見ると、なんとなく、
「闇に光をあてると、青くみえるのだ」と思える。
その彼方が闇だとハッキリ解る青さなのだ。

見える、ということは、日常生活の中では、わかる、ということと同値だ。
でも、「見る」ことは、それほど「わかる」ことと直結しているだろうか。
物事は、見れば見るほど、見えなくなっていくような気がする。
ぱっと見て「わかった」と思えたことほど、わかっていないような気がする。
錯覚、裏切り、誤解、思いこみ。
見て解ったつもりになっていても、それは見えてもいないし解ってもいない、ということがしばしば、ある。

意味や解釈や因果関係など、人間は様々な「枠」を頭の中に持っていて、
五感から得られた情報をその枠に当てはめてものごとを「理解」する。
見ていると言うよりは、頭の中に、その映像に合うパターンを探しているようにも思える。
ようするに、神経衰弱なのだ。
頭の中にあらかじめカードがあって、それと今めくった「風景」というカードを見比べて、どれと一致するかを探しているのだ。
「あ、あれテレビで見た！」という感嘆をたまに耳にする。
ローカルネタでもりあがるとか、

あるいは「モネの絵のように美しい」と感じるとか。
ことほどさように、イメージや解釈は既に頭の中にあるのだ。

もし、それをやめたら。
相田さんの写し出すものは、それを意識させる。
この写真に当てはまるパターンは、頭の中に存在しない。
被写体が常に、観念から脱出させられている。追い出されている。

「石井ＮＰ日記」の本を出す、というお話を頂いた時、真っ先に相田さんの写真を考えた。それで11月、相田さんに手紙を書いた。
そして、11月末、私は再度新潟に行き、直接、このお仕事をお願いする幸運を得たのだった。

ホテルのティールームではじめてお目にかかった相田さんは、明るくてとても気さくな方だった。大柄で、飾らない、ストレートで鋭い熱をお持ちの方だった。私はバリバリに緊張していたのだが、たくさんお話をし、うかがっている間にも、ほんとにこの人と仕事がしたいと何度も考えた。
あの写真がこの人から出てきたのだということに、リアリティを感じた。
小一時間お話しし、そのあと、海に連れて行っていただいた。
海岸には花火大会かなとおもうくらいたくさんの人が集まっていた。
みんな厳かに、日が沈んでいくのを待っていたのだ。
良く晴れた空で、太陽は真っ赤に染まって、昼間の何倍もの大きさで、
「ちゃぽん」と音を立てるように日本海に沈んだ。

新潟の冬のお天気は不安定で、こんなくっきりした完全な日の入りは、滅多に拝めないのだ、と相田さんが言った。
その夜、何度も夕日のことを思い出して、絶対大丈夫だ、と思った。
こうやって書いてみてもウソみたいに思えるけど、
でもこれは、ほんとのお話だ。

## あとがき

フリーの写真活動を始めて間もない、30代後半の頃だった。
仕事のかたわらライフワークとして風景写真を撮り続けていたが、
時間的な制約などで遠出の撮影を断念した。

そしてライフワークの動きのない日々を過ごしていた時
一冊の写真集との出会いがあった。

写真好きな従兄弟が洋書店で買ってきた
エルンスト・ハースの写真集である。

ハースは写真集団「マグナム」に所属し
モノクロ写真が主流であった時代にカラーリバーサルフィルムを駆使し
独自の視点と色づかいで数多くの写真を発表、
色彩の魔術師の異名は世界的にも知られている。

写真集の中でも特にニューヨークの街の写真は、僕の心を動かした。

建築物の造形美や身近な変わりゆくもの、
そして破れたポスターや道路にめり込んだ空き缶など
見逃せばゴミとなってしまうようなものにもレンズを向け、
「街」がアートな空間として表現されているのが印象的だった。

それ以来、街の写真に興味を持ち、今まで無意識で見つづけていた
新潟の街を新たなライフワークとして撮り始めた。

見慣れた街の中に感じた空気感、そして光と影、色や形など
僕自身の視点で表現してみた。

そんな写真を、好きだと言ってくれるギャラリーがあり、
気に入って、ポストカードを買ってくれる人たちがいる。
そして、今回のこの機会に巡り合うことになった。

新潟に会いに来てくれた石井ゆかりさん、考え抜いて装丁デザインをしてくれたアウンさん、熱心に編集してくれた齋藤さん、そしてこの本のために尽力して下さった全ての方に感謝いたします。ありがとうございました。

2008年2月26日　　相田諒一

「石井 NP 日記」というブログをはじめたのは、2005 年 1 月末でした。
それから 3 年、日々いろいろなことを書きつづって、
気がつけば膨大な量のテキストが積み重なりました。

タイトルに「ラブレター」という言葉を使ったのには、理由があります。
普通、日記といえば、基本的に「モノローグ」、ヒトリゴトです。
ですが、私の日記はどうも「お手紙」のように書いているフシがあるのです。
これは、私が普段、「占い」を書いているからだろうと思います。
「占い」は、読み手と書き手が 1 対 1 で対話するメディアです。
この「1 対 1」感覚が「石井 NP 日記」にもしっかり浸透しています。
ねえねえ、とブログ上で話しかけているような甘ったれの私がいて、
それを感じ取って下さった方が、たくさんのコメントやメールを下さいます。
日記という名前の書簡集が、「石井 NP 日記」だという気すらします。

この本を作るにあたり、私はたっての希望で、
カメラマン・相田諒二さんにコラボレーションをお願いしました。
そこでもやはり私は、相田さんに精一杯の「お手紙」を書きました。
思うに、胸いっぱいの思いを込めて、本気で書かれる「手紙」は、
恋でも仕事でもなんでも、みんな「ラブレター」なのです。
そういう意味では、この本に収められたテキストはみんな、
ラブレター以外の何ものでもない、と思えるのです。

最後になりましたが、執筆の「場」を提供して下さっているはてなダイアリー様、mixi 様、
いつもありがとうございます！
そして、今回もねばり強く、熱を込めておつきあい下さった幻冬舎コミックス・齋藤様、
いつも本当に感謝です、ありがとうございます！！

そしてなにより、私の文章を読むことで、私に「書かせて」くださる読者の皆様に、深く
深く、お礼を申し上げます。
幾重にも、ありがとうございます。
この気持ちが少しでも伝わりますように。

2008 年 2 月 26 日　石井ゆかり ,xoxox

p.s.
この本の文章の大部分は「石井 NP 日記」より大幅改稿したものです。
さらに、mixi で公開した日記も数作、含まれています。
そして最後「新潟にて」は勿論、書き下ろしです。

# 星なしで、ラブレターを。

2008年3月31日　第1刷発行
2013年5月31日　第3刷発行

著　者　　石井《いしい》ゆかり

写　真　　相田《あいだ》 諒《りょう》二《じ》

発行人　　伊藤嘉彦

発行元　　株式会社 幻冬舎コミックス
〒151-0051　東京都渋谷区千駄ヶ谷4-9-7
電話　03-5411-6436（編集）

発売元　　株式会社 幻冬舎
〒151-0051　東京都渋谷区千駄ヶ谷4-9-7
電話　03-5411-6222（営業）
振替 00120-8-767643

印刷・製本所　　株式会社 光邦


ISBN978-4-344-81274-1 C0076 Printed in Japan

石井ゆかりの星占いサイト「筋トレ」http://st.sakura.ne.jp/~iyukari/
幻冬舎コミックスホームページ　http://www.gentosha-comics.net

装丁／あうんクリエイティブ